U0067919

上帝的禮物

藍色水銀　著

天空數位圖書出版

序

　　翻開自己的資料，躺在書架上的草稿還真多，該先寫什麼好呢？這個問題我反覆思索著，是失控的靈魂系列？還是科幻大作？後來我選擇了較短也較簡單的前者，也幾乎完成了全部的主要內容，並逐漸完成數位檔。

　　這本小說的由來，是 2012 年的某個週六早上，我一如往常的在假日帶著兒子到麥當勞，享用著上帝賜給我們的早餐，點餐完畢，我跟兒子卻在習慣坐的二樓找不到位置，於是我們又回到一樓，坐在僅剩的位子上，就在點餐區的正前方，這時，一位美麗的媽媽帶著兩個約三歲的小孩，一男一女，身高及身材皆相近，我本來以為是雙胞胎，但那男孩的樣子看上去有點怪，我心想，該不會是那個吧！（請容我賣個關子）他看起來是那麼的乖巧，此時，我的兒子將我的視線拉出了這一幕，但過了幾秒，那男孩竟然就走到我的旁邊，望著我的兒子手上的玩具，他的天真，就跟其他小孩沒有兩樣，那個媽媽用非常有耐心的勸男孩離開。那一刻，我看到了愛，一股淚水，在眼框

內打轉著，他們母子三人慢慢走上二樓，於是，我開始思考要怎麼問這位媽媽，如果要將她的故事改編成小說，不知道她是否願意？

　　救兵來了，是我的乾姊姊到了，於是我請姊姊幫我詢問她的意願，沒想到她一口答應，沒有遲疑，經過短暫的訪談與紀錄，於是這本小說的內容就在我腦海裡逐漸浮現，並化成文字。為了保護當事人，所以我把職業給改了，也加入了一些原本沒有的部份，讓另一個故事融合進來，那是一個血淋淋的例子，我與我的家人跟鄰居親眼目睹悲劇發生，卻無能為力。

　　裡面帶了幾個非常尖銳的題材，也是台灣現在面臨到的問題，但我們也是無能為力，至少到目前為止都是如此，我看到身邊太多的例子與悲劇，都不知道該說些什麼了！這也是全世界正在發生的，總之，你以為得到了什麼？但卻忘記你會失去些什麼？撒旦給的誘惑向來都很難讓人拒絕，但後果也總讓人無法承受，在誘惑當前時，我們能否抵擋？我不知道，這種事，從來就沒有標準答案，不相信？發生在你自己身上的時候，你就會明白我在說什麼！

此刻，我坐在那一天那位媽媽的位置上，寫這篇序。發呆了很久，也看著窗外的車水馬龍很久，終於，我還是想到一些該寫的。為了這本小說，我點閱了許多網站，當我知道這些訊息後，我才開始下筆，甚至跑到台北請教網友，她有相關的知識，因為我不想亂掰一些不會發生的情景，造成人們的誤解！就像人類誤解了蜘蛛跟蝙蝠一樣，看著遊戲區內其他的小孩高興地玩耍，不禁覺得這個媽媽真是偉大，這更堅定了我寫這本小說的決心，就這樣把這個故事寫完，算是給誘惑當前的人一個參考，也許你們會拒絕誘惑，但也許永遠無法回頭。

　　　　　　　　　　　　　　　　　藍色水銀

目錄

壹：愛情長跑

　　一雙纖細的手，非常的白，彷彿很久沒有曬到太陽了，左手五指張開按著一張紙，右手握著一隻粉紅色的自動鉛筆，筆尖正在紙上畫出一條直線，那是一隻鞋子的設計圖，圖的右上方寫著賽吉籃球鞋 2003B007。

　　畫圖的人是個女郎，年輕貌美，及肩的直髮黑色稍微偏黃色、柳月眉、雙眼皮、銳利的眼神、略小的鼻子不尖亦不圓、上唇很薄、下唇微張露出一點牙齒，性感的讓人無法將視線移開她的臉龐，瓜子臉讓她看起來非常精明幹練，她深深的吸了一口氣並吐出來，粉紅色的套裝裡面穿著白色的襯衫，她站了起來，裙子也是訂做的，非常合身，長度在膝蓋上方約十公分，絲襪的下方有一雙筆直纖細的小腿，腳上踩著也是粉紅色的高跟鞋，她的身材很美，身高約一百六十七公分，望著繪圖桌上的設計圖，若有所思地，然後旋即又坐下埋頭苦幹，繼續未完成的設計圖。

　　同一個辦公室裡，有十個位置，三張繪圖桌都是年輕女郎坐在上面，另外七個則是用淺綠色的標準辦公屏風隔著，其中一個位置上是一個男人，年約三十歲，理著小平頭，黑框眼鏡，濃濃的眉毛以及炯炯有神的雙眼，高挺的鼻子，嘴唇上下都薄，

也是瓜子臉的他是個非常英俊且有魅力的男人，身穿長袖白襯衫、黑色西裝褲、深咖啡色皮鞋的他站起來了，身高約一百八十公分，身材略瘦，他走向女郎並對她說：「若雲，中午我們出去吃飯，好嗎？」他的聲音低沈厚實，態度彬彬有禮。

「可是我還有很多部份要修改！」她的聲音甜美，語氣稍微急促。

「晚上我陪妳加班。」他的手搭在若雲的肩膀上說。

「好吧！那走吧！」若雲微笑著看著他。

一間高級餐廳裡，約十張桌子，兩個人就坐在靠窗的其中一張桌子，窗外是一處花園，許多毛地黃盛開著，共有白色、黃色、粉紅色三種顏色，幾百棵白色鬱金香，一個約直徑五公尺大的噴水池，一條假的錦鯉魚嘴巴裡吐著水，幾十朵淡黃色的香水蓮，由於是正午，所以花園裡空無一人，只有一隻深紅色的雄善變蜻蜓停在香水蓮上面，餐廳裡，彷彿只有他們兩人，白色桌巾上，若雲的前方是一杯滿滿的黃色柳澄汁，那男人手上拿著的飲料是喝了四分之一的冰咖啡，他放下飲料看著若雲說：「若雲，我們認識幾年了？」他眼神看似凝重。

「八年了，漢文。」她的眼神似乎有點落寞。

「這麼久了啊！」漢文的表情似乎有些驚訝！

「怎麼了？你好像有事要說？」她銳利的眼神看著漢文的眼睛問道。

「我們在一起多久了？」漢文深情款款地看著若雲，雙手握著她的雙手。

「五年四個月。」若雲準確又堅定的語氣讓漢文嚇了一跳，雙眼睜大並微張嘴。

「那麼久了！是真的嗎？」漢文似乎又有點驚訝的樣子！

「是真的，我們已經在一起五年多了。」若雲若有所思的說。

「妳覺得我愛妳嗎？」漢文問著若雲。

「不夠愛，我們還缺少一個完整的家，還有小孩。」若雲冷冷的回答著。

「所以，我們應該要結婚、生子、買一間房子？」漢文疑惑的看著若雲。

「不然呢？」若雲似乎不怎麼滿意漢文的回答。

「若雲，嫁給我，好嗎？」漢文突然從西裝褲口袋裡拿出一個小盒子，交給若雲，若雲打開之後眼睛為之一亮，是一枚鑽石戒指，閃閃發光著！接著漢文說道。

「你準備好了嗎？」若雲堅定的眼神跟語氣問漢文。

「當然，我已經存夠錢買房子，還有車子跟家具。」漢文自信滿滿的回答。

「好，晚上就去跟我爸媽說這件事。」若雲認真的語氣問漢文說。

「沒問題，我會帶著存摺去的。」

上帝的禮物

貳：準媽媽的心情

　　四十天後，剛起床若雲看著牆上的月曆，口中唸唸有詞的說：「已經過了十四天了，我該不會是？」

　　有點蓬頭散髮的她穿著睡衣，走進浴室梳洗，看著鏡中的自己，她一步步完成該做的，然後走到梳妝台前坐下來，開始梳頭、化妝，接著走到衣櫥前打開它，一整排有七件套裝，紅色、粉紅色、天藍色、黃色、淺黃色、綠色，她選擇的是最右邊那件蘋果綠的套裝，她拿起中華電信的電話簿旋即找到了一家婦產科，用一張名片當成書籤夾在上面，走到電話旁邊打過去預約，她想知道自己是否懷孕了。

　　婦產科內，醫師面無表情地看著電腦螢幕說：「恭喜妳，妳懷孕了。」

　　「真的嗎？那我應該注意些什麼？」若雲有些興奮與徬徨。

　　醫師一五一十的告訴若雲許多事，但若雲似乎沒有聽進去，她的思緒有些混亂，因為這一切不在她的預料之中，渡蜜月的時候，她跟漢文很快樂，兩個人在海灘上甜蜜地追逐著玩耍，公司要漢文到大陸長駐，她很失落，怎麼才結婚就要分開住，漢文才離開兩天，她驚覺自己懷孕了，這一切都好像太快，太快了，道別了醫師走出醫院，若雲的臉上似乎看不出一絲的歡喜，反而只有擔心。

　　若雲走到辦公室的位置坐下來，思考著接下來要如何做？先通知漢文，然後再告訴其他親友，或是先問自己的媽媽呢？此時腦海裡開始出現一連串的畫面，先是抱著一個剛出生不久，表情可愛的小孩在懷裡，安心地睡著，然後是一個三歲大的小男生在一個公園裡，高興地在盪鞦韆上玩耍，自己在孩子的後面推著，一陣小朋友歡笑的聲音在耳邊圍繞，很快地小孩已經七歲，要上小學了，她跟漢文兩人忙得人仰馬翻，為小孩準備制服還有書包，然而這些都只是想像，因為肚子裡的小孩離出生還很久。

　　「若雲！若雲！」一個聲音從耳邊傳來，一隻手拍了她肩膀一下，若雲這才回到現實世界裡！

　　「課長，是你啊！什麼事？」若雲轉頭過去跟他說話，課長是一個約五十歲的中年男人，長相平凡、頭髮微禿、額頭上有些許皺紋、黑框眼鏡下的眼睛已經顯得有點蒼老、高挺的鼻子、些許鬍渣、厚厚的唇、略圓的臉、小腹微凸、白色短襯衫、灰色西裝褲、黑色皮鞋、身高一百七十公分左右，他臉上總是一抹微笑，看上去十分和藹可親。

　　「你發呆一個早上了，發生什麼事了嗎？」

9

「沒有，我只是因為剛剛知道自己懷孕了，有一點不能調適心情。」

「原來是這樣啊！去做產檢了沒有？」

「剛剛才去的，謝謝課長關心。」

「如果不舒服的話就請假休息吧！不要硬撐喔！」

「嗯！我知道。」

「記得我講的，不舒服的話就請假，我要去忙了。」

「謝謝課長。」

沒想到，若雲就這樣把自己懷孕的事告訴了課長，然後她拿起電話開始猛打，先是告訴自己的父母親、然後是漢文的父母親、好朋友玉芬、最後才是漢文。

「漢文，我懷孕了。」若雲的語氣有氣無力的，因為她已經講了一個半鐘頭的電話，有些口乾舌燥，還有一點疲憊！

「真的嗎？我要當爸爸了嗎？」漢文的音調很高很興奮。

「當然是真的，爸媽那邊我已經通知了，你什麼時候回台灣？」

「這邊現在很忙，可能還要三個月！」

「我知道了，不要太忙喔！要好好照顧自己，知道嗎！？」

「沒問題，我在這裡很好，倒是妳沒人照顧，我叫媽過去幫妳好嗎？」

「不要麻煩了，她的身體也不是很好。」

「那怎麼行，不然找妳媽，妳覺得好不好？」

「她最近沒空，還有很多事要忙，我自己會照顧自己啦，就這樣了，我要去忙了，再見。」

「再見，我愛妳！」

「我也愛你！」

掛斷電話之後，若雲的淚水終於奪眶而出，因為她必須一個人過這未來的三個月，她趴在繪圖桌上默默地流著淚，而電話的那一頭，漢文的手還拿著話筒，興奮中帶著些許的憂心。畢竟若雲現在是一個人住，萬一發生了事情怎麼辦？於是他立刻撥電話回到家中，是他的父親接的。

「漢文啊！若雲懷孕了，你知道嗎？」

「我剛剛知道的。」

「那就好，你現在的工作沒辦法照顧她，你打算怎麼辦？」

「本來，我是希望媽過去跟她住的，可是…」

「你媽的身體的確沒辦法照顧若雲，她去了只會增加若雲的負擔而已。」

「那怎麼辦呢？」

「這樣吧！我跟親家商量看看，看要怎麼做，你就安心工作吧！」

「好吧！也只好這樣了。」漢文的心七上八下的，因為照顧若雲的事沒有著落！

回到家中的若雲，倒是非常堅強，手裡拿著許多本雜誌，全都是有關於如何育嬰的，她放下皮包，脫掉高跟鞋，並看了鞋子一眼，走到鞋櫃前找了一雙自己公司的籃球鞋，是白色的底加上紅色的飾條，那是她自己的傑作，去年發表的，全世界銷售量超過百萬雙，消費者大多是女性。她腦海裡浮現著去年慶功宴的畫面，董事長拿著一杯酒敬她，然後拿出一張支票遞給她，上面的數字是五十萬元，接著是同事們一個個敬酒，她喝的大醉，回到家連鞋子都沒脫，就躺在床上呼呼大睡。但她很快的回到現實，坐在白色沙發上，茶几上只有剛剛那幾本雜誌，還有一杯白開水，若雲開始翻著雜誌，不知不覺已經過了三個鐘頭，她放下雜誌，伸一伸懶腰，揉一揉眼睛，抬頭看了

一下掛在牆上的鐘，走到衣櫥前面打開衣櫥，拿出睡衣，走到
浴室，看著鏡中的自己，準備洗澡。

上帝的禮物

參：單親媽媽

　　一個留著短髮的女人，額頭不高、鼻頭圓圓的、雙眼皮下方有雙大眼、眉毛修成柳月眉、人中有一條小小的疤痕，那是因為兔唇，手術後的痕跡，儘管如此，她看起來還是非常美麗，一件短袖天藍色上衣和白色短褲，露出白皙的皮膚和纖細的四肢，身高一百六十公分左右，她坐在沙發中間，拿起搖控器將電視轉到錄影機模式，將錄影帶播放出來，那是結婚當天的情形，還有若雲跟漢文也都在場，但現在，她必須獨自面對生活，除了女兒的陪伴！

　　她的家中，客廳的牆上是印著水果的月曆，一部二十吋的電視和一台音響，幾百張雷射唱片，黑色的雙人座沙發，一張小茶几，旁邊就是嬰兒床，她正看著睡夢中的女兒，一歲大的她，其實已經不太適合再睡在裡面，不知怎麼著，她今天只肯睡在那裡面。

　　她的腦海裡開始浮現著年幼時的樣子，她是個孤兒，只依稀還記得五歲的時候家裡的火災，爺爺拉著她衝出火場，但是奶奶跟父母親還有一個哥哥都燒死在家裡，她跟爺爺都泣不成聲。幾個月之後爺爺也重病死了，然後就被安排到育幼院，在那裡度過童年、青少年，十六歲時被一對老夫妻收養，但是他

們卻在自己上大學那天，在校門口被一部闖紅燈的貨車撞死，此時她早已淚流滿面，一想起婚宴那天，那些灌酒的親友，她的心中不禁燃起怒火，一群人不斷地敬酒，不管老公是不是已經醉了，婚宴後親友漸漸離開，已經喝得酩酊大醉的丈夫逞強，硬要開車載他的父母親回家，結果撞上一部三點五噸的小貨車，不但三人都當場慘死，還有另一個家庭的父親也彈出車外，身首異處，當她趕到車禍現場，發現悲慘的不止是只有自己，還有一位三十歲的女人，和分別是八歲跟六歲的兩個男孩，他們都哭倒在馬路旁，想起這一幕，她的情緒再也壓抑不住，她大叫著：「天啊！為什麼要這樣對我。」

　　若不是因為酒駕，她現在就不會自己一個人帶小孩，那場車禍不止奪走了她的丈夫，也奪走了丈夫的父母親，還有另一個家庭的父親，想到這裡，她幾乎崩潰，她不禁要問上天，為什麼這樣對待她？就在此時，睡夢中的女兒似乎被吵醒了，也哇哇大哭了起來，她一手擦去眼淚立即抱起女兒安慰她，彷彿剛才那些回憶不曾發生過，女兒睜開眼睛笑看著玉芬，這一笑，她似乎清醒了，她知道，不能再意志消沈下去了，無論如何，都必須堅強地活下去，因為她懷裡的女兒！

17

「若雲，我是玉芬，公司現在還有職缺嗎？」她拿起電話，撥給了若雲。

「還有，可是妳不是要帶小孩？」

「我知道，可是我需要錢。」玉芬的口氣透露著不安。

「玉芬，妳別急，錢我可以先借妳，讓妳們母女先度過這兩年，等依依三歲，可以上幼稚園，妳再開始上班，好不好？」

「這怎麼好意思，妳們的負擔也很重啊！」

「沒關係啦！反正現在鄉下的土地也不可能再耕種了，我打算賣掉，應該可以拿到一千五百萬左右，所以不會造成我的困擾啦！」

「妳這樣幫我，我該怎麼報答妳？」

「誰教妳是我的好姊妹，別那麼客氣了。」

「那就麻煩妳了，對了，妳不是懷孕了？身體狀況還好嗎？」

「還不錯啦！只是一個人在家，比較無聊。」若雲有些失落的說。

兩人聊開了，開始天南地北、千山萬水地聊，玉芬也終於放下心中的憂鬱，開懷大笑著，早已忘記那些不愉快的過去，

時間很快的就過了一個多小時，兩人都有些累了，於是她們掛
斷電話，結束這一天的活動，向周公報到。

上帝的禮物

肆：夫妻重逢

　　日子很快地就過了二個月，同一個婦產科裡，醫師正在幫若雲產檢。

　　「宮小姐，因為妳的年齡已經超過三十四歲，所以我必須告訴妳，也許妳應該考慮做羊膜穿刺，以檢查胎兒是否有唐氏症。當然，它有一定的風險，約千分之三的機率可能會流產，我當然希望每一個寶寶都是很健康的，但是妳的年齡，生出唐寶寶的機率也有二百八十分之一，這兩者的機率其實差不多，妳考慮一下，不必急著告訴我，妳現在懷孕十五週，懷孕第十六到十八週是最適合做羊膜穿刺的時機，所以妳有一個星期可以考慮。」

　　「有流產風險？那就不必了，我不做。」若雲斬釘截鐵的回答醫師。

　　「妳要考慮清楚，萬一生下唐寶寶，妳的負擔會很重的，尤其是心理上。」

　　「如果是這樣，那我也只好接受。」

　　「好吧！既然妳都這樣說了，我也就不多說了。」

　　若雲心想，為什麼這位醫師講這麼不吉利的話呢？她一邊走向車子一邊想著這個問題，但其實這是每位婦產科醫師都會

說的，這醫師並非針對她，而是他的職責所在，只不過若雲沒想到罷了，她挺著略為凸出的小腹上了車子，直接往公司的方向開去，然後繼續畫著新鞋的設計圖。

　　一個月又過去了，漢文結束了階段性的任務從大陸回台灣，在飛機上，他看著窗外的白雲，想起了若雲，這美麗的女子，在八年前進到公司裡，當時兩人在不同的部門，他第一眼看到若雲就喜歡上她了，他心想，好漂亮的女生，如果可以娶她為妻不知道有多好，然而兩人卻一直沒有太多的機會可以見面，直到有一天若雲調到自己的部門，兩人才真正的有機會互相了解。時間過得真快，一眨眼就是八年，這八年雖然風風雨雨，但兩人總算修成正果，走向紅毯另一端，現在若雲已經懷孕，這表示自己要升格當父親了，一想到這，漢文便又開始想像自己帶著兒子在公園玩耍的樣子，他跟若雲一樣，對小孩有很大的期待，尤其這是第一胎，他開始想著要幫小孩子取名字，就這樣，飛行的時間漢文多半在想像著什麼？回憶著什麼？

　　下了飛機的他只想趕快回家，也不管車資是多少，就包了一部計程車回彰化和美的家，他很累了，所以在車上睡著了，醒來的時候已經是下了交流道，熟悉的街道和味道，他伸伸懶腰並告訴司機要怎麼走，漢文的心裡只有若雲，所以他只想趕

23

快回家，其他的事都沒那麼重要了，給了司機車資之後漢文快步走向家門，那是一間獨棟的透天別墅，拿出鑰匙轉開門，一部白色的豐田轎車停在院子裡，客廳的燈是亮著的，此時天色微暗，已經是傍晚時刻，但若雲應該還沒下班吧？為什麼她已經在家裡了呢？管它的，就這樣開鎖進門吧！

「你回來啦！怎麼沒有先打電話？」若雲坐在沙發上似乎有些意外的問漢文。

「我打了幾次，妳都沒接啊！」

「真的嗎？我怎麼都沒聽到！」若雲是故意這樣問漢文的。

「是真的啦！我一共打了三通。」漢文的表情有些緊張。

「我鬧你的啦，我今天一天都不在家，剛剛才回來。」

「原來是這樣，嚇我一跳。」漢文這才鬆了一口氣。

「我把田賣了，反正我們也不可能去種，你不會反對吧？」

「不會！那本來就是妳的。」

「那就好，我把其中的三百萬借給玉芬了，她好可憐。」

「玉芬怎麼了？」

「她的丈夫在婚宴後出車禍死了，現在一個人養小孩。」

「她的父母呢？」

「玉芬是孤兒，她丈夫的父母也在那場車禍中喪生。」

「喔！我知道了。」漢文似乎有點不高興。

「怎麼？我借她錢你好像不太同意的樣子。」若雲已經看出漢文的心思。

「沒有，三百萬不是小數目啊！」但其實他心中非常不悅！

「是我自願借她的，她沒開口，她只是問我公司是否有職缺而已，我不希望她的女兒這麼小就交給別人照顧，所以我把田給賣了，撥一部份給她照顧女兒而已。」

「我懂了，妳的身體還好吧？」漢文知道已經借出去了就忙著轉變話題。

「我很好啊！食慾好、睡得好，只是有些無聊。」

「工作呢？」

「我跟課長請假，他說等小孩六個月大再說吧！」

「所以他給妳一年的假？」

「當然。」

「怎麼沒有先告訴我？」

「我是昨天才決定的，我不想一直坐在繪圖桌前。」

「這樣很好啊！我也不希望妳那麼累。」

「這次放假幾天？」

「二十天，再來又必須連續工作三個月。」漢文無奈的說。

「你這樣不累嗎？」

「沒辦法，現在大家都這樣，如果我不這樣，工作就會被別人搶走。」

「你累了，去洗澡吧！有什麼事等等再說。」

若雲依舊拿起那些雜誌翻閱，做好準備當一個媽媽，這段時間，她非常獨立，沒有太多的安慰，也沒有很多外出，除了請假跟出售土地時，這時，她的腦海又出現了小孩的身影，這次是跟漢文一起在公園，三個人在草地上追逐的畫面，但這仍只是她的想像，漢文也常常有這樣的想像畫面。

浴室裡的漢文真的累了，連手上的香皂都拿不穩，掉到浴缸上滾來滾去，他彎腰去撿起卻又再度讓它滑出手中，只得再撿一次，已經洗完頭的他，頭髮是濕淋淋的，好不容易洗完這疲憊的身軀，擦乾身體走到鏡子前，他驚覺自己的雙鬢居然多了許多白髮，是什麼時候的事？為什麼一點印象都沒有？他已經有一段日子沒有仔細看著鏡中的自己了，除了刮鬍子，似乎都沒有照鏡子，他把臉上的鬍子慢慢刮去，又仔細看了看，確

認自己的樣子是精神抖擻的，穿上衣服走出浴室，若雲卻已經不在客廳裡了，漢文走進臥室看著躺在床上的若雲已經入睡，便又走回客廳，拿起若雲放在茶几上的雜誌，翻了幾頁之後他就漸漸失去興趣，眼皮越來越重，等他醒來的時候已經是午夜兩點半，他走回臥室拿了一個枕頭一條棉被，就在客廳的沙發上繼續沈睡，這一睡，是八個小時，他睜開雙眼，身體依然非常疲累，勉強坐起身子，他用雙手輕輕搓了臉，找遍家中每一個角落，就是沒有若雲的身影，漢文有些不悅，這麼早，跑到那裡去了呢？

上帝的禮物

伍：舊地重遊

　　附近的公園裡，若雲在裡面慢慢地散步著，這是她每天都會做的事，雜誌上建議孕婦每天都要適度的走一走，遠處的溜滑梯上，一個約三歲大的小女孩正高興地玩耍，一旁的是一位約七十歲的老伯，若雲看了，心想何時才能像他們一樣，她停下腳步，靜靜看著，聽著歡笑聲不斷傳來，羨慕的表情都顯露在美麗的臉上。

　　「到那裡去了？」若雲回到家，漢文急忙問。

　　「我去散步，孕婦每天都需要走一走。」

　　「喔！」

　　「餓了沒？我想去台中吃牛排。」

　　「當然餓了。」

　　「那走吧！」

　　「現在？」漢文用懷疑的眼神看著若雲。

　　「不然等小孩出生好了。」若雲似乎有點不高興，這都是因為身體的變化，心情無法調整的很好造成的，其實她並不是真的不高興。

　　高級餐廳內，依然是那個位置，只是窗外的花都謝了，只剩下那條鯉魚還在吐著水，所有的植物都只剩下綠色，沒有任何的花，所以顯得沒那麼美麗了，漢文跟若雲坐在那裡，點一樣的餐點，一如往常的先吃完飯才開始聊天，這是他們的習慣，若雲很久以前所訂下的規定。

　　「大陸的工作還順利嗎？」若雲非常認真的看著漢文。

　　「很累人而已，其他倒是沒什麼？」漢文冷冷的回答。

　　「那就好，我有一件事必須跟你討論！」

　　「什麼事？」

　　「如果你必須一直留在大陸工作，那小孩的教育，是要在台灣還是大陸？」

　　「大陸那邊有台商所設立的國小，我們可以考慮。」

　　「可是這樣爸媽怎麼辦？」若雲的疑慮是對的。

　　「也對！這樣他們就看不到孫子了。」

　　「如果不全家都搬過去，那小孩將得不到足夠的父愛。」漢文終於懂了。

　　「這的確是個問題，我去問問其他人的狀況好了。」

31

「不必了，要不就是你回台灣工作，要不就是我們全家都搬過去。」

「可是，在那邊置產或租屋並不是那麼容易，糾紛很多。」

「我不管，難道你的心裡只有工作？小孩跟我都不重要了。」若雲真的生氣了，她怒視著漢文，漢文也意識到問題的嚴重性了。

「可是，老闆對我們這麼好，我不能說走就走啊！」漢文似乎有別的事瞞著。

「所以你選擇工作，不要我跟小孩了，對嗎？！」若雲這句話刺中了漢文的要害，漢文無言以對，漢文就這樣低頭沈思了許久。

「你說話啊！為什麼不回答我？」若雲非常生氣地說。

「我…」漢文的表情轉為凝重。

「是不是在那邊有別的女人了？」若雲火冒三丈盯著漢文。

「沒有！」漢文有些心虛的回答。

「陳漢文，你把頭抬起來，看著我的眼睛再說一次。」若雲這下已經失控，但她的懷疑不是沒有道理，因為幾天前在公司裡，她跟課長說了一些話。

「課長，漢文在大陸的工作，真的需要那麼久嗎？我已經好久沒看到他了！」

「怎麼？上個月他沒回來台灣嗎？」課長一臉疑惑看著若雲。

「上個月？沒有啊！他從我們結婚後到現在，已經四個月沒回家了。」

「這就奇怪了，上個月初，他明明有一星期的假期啊！」課長喃喃自語說。

「我知道了，謝謝課長，我想請長假，不知道方不方便？」

「當然可以啊！你把身體照顧好比較重要喔。」

「妳想太多了。」漢文說。

「我想太多了？那為什麼你上個月初沒回來台灣？沒話說了吧！」

「這…」被拆穿的漢文啞口無言！

「你給我解釋清楚，要不然我們就離婚！」若雲氣到手已經微微發抖。

「妳不要那麼衝動嘛！先聽我解釋。」

　　沒想到，漢文居然瞞著若雲，應該回台灣卻沒有回來，也許，他真的有外遇了！

陸：外遇

　　漢文在大陸的工作是生產線的夜間主管，整間工廠除了幾個司機跟搬運工，清一色都是年輕女子，至少三百人，這些年輕女子大都離鄉背井到這裡工作，為了錢，她們也有許多人都願意出賣自己的身體，勾引漢文這三個女子都是如此，她們只有一個共同的目的：升職，升職之後就不用再辛苦的工作，只需要分配別人工作，偶爾支援一下生產線，並且得到的薪水會比較高，然後再跟漢文要求一些禮物，或是編一些理由要錢，例如父親住院需要錢，漢文的薪水就這樣被這三個女子榨乾，當然，他可以得到她們三人的身體！

　　正當這些事在漢文腦海裡翻騰著，他在考慮是否坦白的時候，若雲先開口了。

　　「你不用解釋了，你想了那麼久，一定有鬼，所以我決定跟你過去大陸，只要你答應我離開她們，我不追究。」若雲這一說可把漢文嚇壞了。

　　「可是…」漢文支支吾吾地。

　　「可是什麼？你捨不得她們？」若雲銳利的眼光盯得漢文冷汗直流。

　　「不是。」

「你不要忘了，我才是元配，她們只是想要你的錢。」

「妳不要瞎猜了，根本沒那回事。」

「好，如果沒有，那你這幾個月的薪水，怎麼一毛錢都沒有給我，你爸還說你拿了一百萬過去，我問過課長，你在那邊有三萬的零用錢，薪水七萬都是在台灣的戶頭，可是我沒看到任何一毛錢進到你的戶頭，你爸說你買了套房，可是課長說你是住在公司的宿舍，快說，那間套房是怎麼回事？」漢文見紙包不住火了，只好乖乖坦承這一切。若雲很鎮定的聽完漢文簡短的坦白，但是她需要的是冷靜，因為這打擊真的很大，自己才剛剛結婚、懷孕，獨自生活了幾個月，得到的回報卻是如此。

漢文自知愧對若雲，於是決定快刀斬亂麻。

「等等我就去公司遞辭呈，請妳原諒我。」若雲仍在氣頭上，一語不發轉身離開餐廳，自己開著車子回家。漢文呆坐在椅子上直到餐廳打烊，服務生走到他身邊。

「先生，我們要打烊了，請您買單後離開，謝謝。」

兩人的冷戰就此開始，但不久之後，漢文就清醒了，他回到大陸工廠沒幾天，腥風血雨就來擾亂他的人生。

　　生產線上，幾百部白色針車，每個女工都身穿天藍色制服，埋頭苦幹，三個組長分別在自己的負責範圍巡視著，其中一個身高約一百六十公分，短髮、細眉、大眼、圓鼻、厚唇、圓臉，身材瘦弱，識別證上標示著製一甲、大夜、組長、張婷，並貼著她長髮時的照片，她只有二十一歲。另一個是吳美，身高一百七十公分，又高又瘦的她，一頭長髮、細眉、鳳眼、鼻子很小、雙唇非常薄，她也只有二十二歲。丙組的組長是李碧玉，身高一百六十五公分，綁著馬尾，額頭高、濃眉、大眼、鼻子又高又尖、上唇薄、下唇厚、上圍豐滿、身材卻很勻稱，她穿著自己訂製的合身制服，讓她看起來格外的顯眼，她二十五歲，這三個女子就是漢文在大陸的二奶，並不十分美麗，但因為手段高，讓漢文一頭栽進了陷阱之中，難以自拔！

　　晚上十二點整，所有員工休息，都到餐廳用餐，漢文在辦公室內坐著，眼睛盯著監視器上的畫面，表情卻有點奇怪，原來桌子底下是張婷，正用手撫摸著漢文的大腿，吳美正脫去上衣，只穿著一件背心式內衣走向漢文，李碧玉一手搭著漢文的肩膀，用她的雙唇吻著漢文的耳朵，這也難怪漢文會淪陷，能夠抵擋這般誘惑的男人又有幾個呢？這是幾個月來幾乎天天

上演的戲碼，也難怪漢文會老得那麼快，一個夜夜笙歌的男人，
怎麼承受得住這樣的疲勞轟炸！

上帝的禮物

柒：談判破裂

　　但這三個女子豈是如此單純，心甘情願以身相許，她們一個比一個還狠，張婷一開口就說：「我父親明天要住院，需要五萬元現金。」漢文心想，那可是二十多萬台幣呢！

　　「我的老家塌了，需要十萬重新裝修。」吳美也立即加入搶錢的行列，漢文面有難色，但錢能解決的都不是問題。

　　「我懷孕了，你什麼時候要跟台灣那賤人離婚啊？」李碧玉在漢文耳邊輕聲地說，漢文一聽，大驚失色，知道大事不妙，原本性致勃勃的他頓時不知所措，將雙手從張婷頭上放開。

　　「妳懷孕了？什麼時候的事？」

　　「三個半月了，你可別告訴我要去打胎喔！我想把小孩生下來。」

　　「妳們兩個都聽到了，我明天就把錢給妳們，以後，我們這四人餐會就免了吧！」漢文聽了面色鐵青，但他能夠當上夜班主管，也不是那麼好欺負的。

　　但事情沒這麼容易解決，張婷拿出一隻隨身碟，連上漢文的電腦，播放了一段影片，是他們四人的性愛影片。

　　「給我一百萬，否則這影片就會寄到你老婆手上。」

　　「我那有這麼多錢？最多三十萬。」

「免談，我給你三天，三天後我要看到錢，否則我就讓你老婆欣賞這影片。」

「這麼短的時間，我實在無法湊足。」漢文面有難色。

「我不管，你一定要給我湊足。」

「算我一份，我不貪心，我只要五十萬。」吳美這時候也加入獅子大開口行列。

「好，一個個都露出本性啦！妳們想把我逼死就對了。」

「話不能這麼說，我們三人犧牲這麼大，為的就是美好的將來，怎麼說是把你逼死呢？」張婷大言不慚地說。

「等等，妳們拿走了這麼多錢，那我算什麼？」李碧玉急了，因為她是真的想嫁給漢文，即使她知道漢文在台灣已經有妻子了。

「統統住嘴好嗎！錢，要十天才能到手，不要就拉倒，至於碧玉，妳想生就生，我不會養這小孩的，誰知道那是不是我的小孩！」漢文被逼得有些口不擇言。李碧玉聽到漢文這番話非常憤怒，從皮包內拿出預藏的水果刀，朝漢文身上刺去，漢文一閃並用手一撥，李碧玉手上的刀竟然刺中了吳美的腹部，她拔出刀子，吳美連叫都叫不出聲就倒地，血慢慢地從她的傷口流出體外，李碧玉又朝漢文刺去，漢文本想將刀奪下卻刺中

43

仍跪在地上的張婷，刀子刺進她的脖子，鮮血直接噴出，李碧玉這才驚覺闖下滔天大禍，放下手中的刀，跪在地上發抖著，沒一會兒，兩個女子都躺在地上再也不動，體溫逐漸降低，最後不再掙扎而死。

　　漢文知道事態嚴重，卻暗自竊喜，因為李碧玉解決了他的大麻煩，他故做鎮定的向李碧玉說：「快幫我把她們兩人的屍體處理掉吧！要不然我們都會被抓去槍斃的。」李碧玉自知犯下大錯，不敢有所遲疑，便遵照漢文的指揮，拿了幾個大袋子將她們兩人裝進去，再用棉被裹住，並將所有的血跡清理乾淨。

　　「去弄一台推車來，我們要把她們兩個載到鄉下給埋了。」漢文對李碧玉說。

　　「要埋那裡？」

　　「妳父母家不是離這裡不遠，就埋田裡吧！」

　　「可是…」李碧玉顯得有些遲疑。

　　「別可是了，天亮前沒弄好，我倆都得死。」

　　兩人費了九牛二虎之力終於把屍體都搬上漢文的休旅車上，由於是凌晨，工廠的警衛在打瞌睡，並不知道漢文跟李碧玉悄悄地離開工廠。他們的棄屍進行的非常順利，可以說是神

不知鬼不覺，早上七點，天剛亮不久，開車回到工廠，警衛還是在睡，根本不知道漢文出去過。

雖然一整晚都沒有組長巡視，女工們也習以為常了，因為他們平常就經常如此，吃飯時間就不見蹤影，所以根本不會有其他員工注意到那兩個組長不見了，加上她們平日的勢利眼，人見人厭，沒人關心也就不足為奇了，也難怪當兩人死時漢文那般鎮定，還有心情竊笑。

漢文用迎接新主管的名義，將自己辦公室內的所有物品全都換新，當所有物品清空之後，幾個清潔工用拖把拖了幾次地板，油漆工將牆壁重新粉刷了一遍。這樣一來，就什麼證據都沒有了，現在的漢文，就只剩下李碧玉對他有威脅，他知道李碧玉是愛他的，所以打算利用她這項弱點，趁著李碧玉還心慌意亂，漢文找她到辦公室。

「妳辭職好嗎？我怕後面還會有事發生！」漢文假裝很擔心的樣子。

「生活費怎麼辦？」

「我每個月會給你五千，比妳的薪水還多。」

「我懷孕了，以後會需要更多錢。」李碧玉的顧慮是對的。

「別擔心，過一陣子我會有一筆錢，到時再給妳買個新家。」

「好吧！聽說你也要離開這裡？」

「是啊！我也必須離開，以免節外生枝。」

「什麼時候要走？」

「下星期三交接完畢。」

「所以我們要分開了？」

「只是暫時，我必須回台灣拿那筆錢啊！」

「你可別耍花樣，否則我會跟你同歸於盡。」

「別這麼緊張好嗎？只是回台灣幾天而已，瞧妳氣的。」

漢文摟著李碧玉安慰她，李碧玉也不再說些什麼了。

捌：蠟燭兩頭燒

「妳上個月怎麼沒來？妳應該要準時來檢查的。」接替漢文的人選終於跟他交接完畢，那已經是又經過將近兩個月，這兩個月，若雲幾乎天天以淚洗面，肚中的小孩也已經成形，若雲帶著消瘦的身軀來到婦產科產檢。

「我知道了，胎兒好嗎？」若雲有氣無力的回答。

「還蠻正常的，是個男孩，再來妳必須每兩週就檢查一次，下個月起就必須每週來，清楚了嗎？」

「我知道了！我會準時來的。」

「妳的氣色不太好，營養方面要多注意，需要給妳清單嗎？」

「不用了，那些我都知道，醫師，謝謝你，我要走了。」

若雲決定要把身體養好，先不管漢文了，於是開始遵照那些雜誌的建議進食，在最後這兩個月，她漸漸恢復正常。漢文回到台灣之後，積極處理祖產，將它們全數賣出，籌得約一千萬，但他卻沒有立即回家看若雲，又匆匆回到大陸，因為李碧玉的肚子也已經大到瞞不住父母，她必須讓漢文到家中提親，否則無法跟父母親交待！

　　李碧玉的父母親，是標準的農民，歲月跟太陽，無情地在他們臉上刻劃了深深的痕跡，讓他們看起來比實際的年齡蒼老許多，漢文的提親，沒有什麼阻礙，非常順利。這一耽擱，又是一個多月，當他回到台灣見到若雲，居然已經接近臨盆，漢文這才驚覺，兩岸各有一個女人懷了他的小孩，而且都快要出生了，這下漢文可是一個頭兩個大，於是他異想天開的想了一個辦法，就是將兩個女人安置在同一棟大樓，只要李碧玉沈得住氣，那麼若雲便不會發現，漢文嘴角微揚，洋洋得意的樣子，不過，若雲並沒有答應他。

　　「我不想搬到大陸去住。」

　　「為什麼？現在那邊的生活水平也很高啊！」

　　「你看你，連語氣都被同化了，過不了多久，你就會完全被同化。」

　　「妳在說什麼啊？我那有？」確實，台灣會說生活水準而不是水平！

　　「懶得跟你說，我要去做產檢了，你要不要去？」

　　「好啊！我開車。」

「下星期二是預產期，如果開始陣痛，最好就先過來待產，假陣痛時子宮的收縮是偶發性的，可能間隔十到二十分鐘，如果站起來走一走，陣痛減輕的話，那就是假陣痛，相反的，陣痛是加強，那就是真陣痛，如果有以下三種狀況妳就必須來待產，第一：非常規則的陣痛，十分鐘內會有三次左右，第二：陰道有粉紅色或略有血絲的分泌物，第三：羊膜破裂造成破水，記住了嗎？」婦產科裡，醫師說。

「嗯！謝謝你。」因為若雲平常都有在翻雜誌，所以醫師的叮嚀她很清楚。

「你的工作辭掉了，可以好好休息一陣子了吧？」車子上，若雲問漢文。

「不行，下個月我還要過去一趟，那間公司待遇很好。」

「所以我必須一個人照顧小孩子，是嗎？」若雲非常生氣地問。

「別這樣嘛！我這麼辛苦，還不是因為要多賺些錢。」

「賺錢就可以不管我跟小孩了，是嗎？」若雲的話的確非常有理，如果為了賺錢就拋妻棄子，還有父母親，那麼賺得了全世界又有何用？但是漢文現在的狀況讓他非常難以抉擇，早知如此，又何必當初呢！

50

「不是這樣的，我只是想多賺些錢養家而已。」

「是真的嗎？你去大陸八個月，到現在我還沒看到一毛錢，都拿去包二奶了吧！你不要再騙我了好不好？漢文，認識你這麼久了，你有沒有說謊我會看不出來？」

「我沒有包二奶，好嗎！妳不要亂猜啦！」

「那些錢拿去那裡了？你爸說你把田都賣了，那一千萬呢？都匯到大陸去了，對吧！還說你沒騙我，你真讓我痛心！」

「我把錢拿去大陸買房子，準備搬過去住啊！」

「這麼大的事你不用跟我商量，你把我當成什麼了？」

「台灣現在工作那麼難找，我們不過去，就準備餓死吧！」漢文的火氣也上來了，但他的所做所為確實很反常，若雲的懷疑是對的，只不過她缺少實際的證據而已。

「反正我不過去，要去你自己去，就這樣了。」

上帝的禮物

52

玖：唐氏症

當漢文到醫院的時候，小孩已經出生，只見若雲哭紅了雙眼，小孩在育嬰室裡，漢文並不知道發生了大事，他著急地問若雲：「怎麼了？妳為什麼哭？妳為什麼哭啊？」

「你自己不會去問醫師！」若雲臉上是難過的表情。

「到底怎麼了，妳快告訴我啊！」

「叫你去問醫師你聽不懂嗎？！」她因為無法接受兒子的狀況，情緒失控。

「好，我去問。」

「醫師，我是宮若雲的丈夫，請問，我們的小孩是怎麼了？」

「是唐氏症，宮小姐沒有做羊膜穿刺，所以沒有辦法知道胎兒是否為唐氏症。」當醫師說完之後，漢文幾乎傻掉了，醫師拍拍他的肩膀，說了什麼漢文都聽不進去，他傻傻的坐在醫院走道上的藍色椅子上，喃喃自語。

「報應，難道這是報應？」此時他腦海裡浮現的是張婷跟吳美的臉孔，她們死前猙獰的表情，呆掉的漢文一語不發，坐在那裡幾個小時，忘了去看看若雲，兩眼無神的，他甚至忘記吃飯，就這樣開車回家，繼續在沙發上呆坐著，直到他的父親打電話過來關心。

「漢文，聽說小孩有點問題，你快說，是怎麼了？」

「爸，是唐氏症。」

「什麼症？」

「唐氏症，就是蒙古症。」

「什麼？怎麼會這樣！怎麼會這樣！」漢文的父親一聽到時也是難以接受，竟暈了過去。

「喂？喂？喂？」電話那頭沒有回應，他的父親已經倒在地上。

「漢文，你快叫救護車，我想辦法叫醒你爸爸。」電話那頭是漢文的母親。

婦產科裡，若雲面無表情的躺在那裡，玉芬抱著已經入睡的女兒，她知道說得再多也沒用，所以她只是坐在一旁。

「他是因為情緒過度緊張造成了中風，再來的治療跟復健必須非常注意。」另一家醫院的急診室裡，漢文的父親仍然躺在病床上，醫師正在跟漢文說話。

「我知道了，謝謝你。」

「平常有沒有抽煙、喝酒？」在大陸的李碧玉也躺在病床上，她的胎兒提早出生了，醫師問她。

「都有。」

「工作時間多久？」

「每天十二個小時以上。」

「最近情緒怎樣？是否有重大事情影響妳？」

「有，我最近情緒不好，很低落。」

「有沒有使用成癮藥物？」

「沒有。」

「有沒有貧血？」

「我不知道？」

「妳好好休息吧！後面還有很多事要做呢！妳的家人呢？可以請他們來付保證金嗎？一共是八萬元，如果三天後沒付，我只能讓妳冒險回家了。」

「這麼多錢？我恐怕一時拿不出來，可以寬限幾天嗎？孩子的父親回台灣去了，最快也要十天後才能回來。」

「是台商啊！那好辦，你把他的電話給我，我請他用匯款就行了。」

「好吧！」

「陳漢文先生是嗎？這裡是廣州市第一人民醫院婦產科，李碧玉小姐因為早產，她和胎兒都必須住院，我需要您匯款八萬元保證金過來，不知道您方便嗎？」

「早產？什麼時候的事？」

「昨天晚上。」

「她還好吧？」

「李碧玉狀況不錯，但是胎兒比較麻煩，需要住院觀察及治療。」

「我知道了，麻煩你轉告她，我十五天後才能過去。」

「那保證金呢？」

「我明天早上會處理的，謝謝你。」

「報應啊！真的是報應啊！老天爺，為什麼要傷害我的親人？你有什麼不滿就直接找我就行了，你為什麼要找他們麻煩？」掛斷電話之後，原本已經接近崩潰的漢文終於無法克制自己，他仰天大聲咆哮著，然後跪在地上開始啜泣，再也抵擋不住這連串的打擊。

上帝的禮物

拾：崩潰

　　一連串的打擊，漢文的意志消沈，原本已經顯得蒼老的他，幾天沒睡好，鬍子已經很長，讓他看起來更老了，而若雲堅持不到大陸去，讓他的齊人之夢無法實現，反而呈現蠟燭兩頭燒的情形，但老天爺似乎不讓他有喘息的機會。

　　廣州市第一人民醫院婦產科裡，李碧玉的運氣似乎也不怎麼好，雖然她只早產了三週，胎兒存活率應該在九成左右，但總是還有不幸的一成，她的小孩就是這一成。

　　「李小姐，我必須告訴妳一件不幸的消息，妳的小孩死了。」醫師說完，李碧玉沒有答話，只是張大了嘴瞪著大眼看著醫師，旋即陷入歇斯底里，她開始狂叫、狂笑、時而搥打牆壁，忽然間雙腳無力倒地的她，恐怕得要轉到神經科，這是無法避免的悲劇，從一開始，她就不該愛上漢文，也不該為他懷孕，懷孕之後照樣喝酒狂歡，煙不離手，再加上殺了兩個人，她的精神就一直處於緊繃狀態下，怎堪再承受喪子之痛，她終於還是崩潰了。而當漢文接到醫師的電話時，他幾近瘋狂狀態的大叫著，接著便每晚出現在夜店裡，藉酒澆愁！

　　昏黃的燈光，角落的一張桌子上十幾瓶啤酒的空瓶，三張空椅子，漢文獨自坐在那裡，手裡還拿著一瓶啤酒，正猛往嘴

裡灌，喝得醉醺醺的他，終於醉倒在那裡，夜店都打烊了，他還趴在桌上，老闆找來一名壯碩的服務生，合力將他抬上車子，將他送回家，此時是凌晨六點半，若雲還在睡夢中，她依稀聽到門鈴的聲音，不過因為照顧小孩一整夜了，她並沒有去開門，開門的是玉芬：「他怎麼了？」

「沒事，多喝了些酒而已。」

「麻煩你們把他架進來，安靜一點，屋裡有兩個小孩都還在睡覺。

自從小孩出世，漢文還沒正眼瞧過他的小孩，只曾經在婦產科裡匆匆一瞥，他終於醒了，帶著宿醉和頭痛，梳洗完之後他走到若雲身邊，看著憔悴的她，仍在睡夢之中，此時一旁的小孩已經醒了，他張開雙眼但沒有哭鬧，側著頭的他，對漢文眨了一下眼睛，漢文的心中非常的難過，但至少他回到現實來了，一想到父親中風、李碧玉早產、若雲生下的兒子是唐氏症，他嘆了口氣，開始盤算要怎麼處理未來的事。

打了幾通電話安排好父親的看護，確認了復健的流程跟所需的時間，他又立即找到廣州市第一人民醫院的醫師，談了一會李碧玉的病情跟後續處理情形，正當他還在傷腦筋要怎麼面對若雲時，若雲醒了。

「你肯回來了啊！」若雲當然沒有給漢文好臉色看。

「對不起，都是我不好。」漢文似乎真的改過了？！但也許不是。

「還想去大陸嗎？」

「暫時不會去了。」

「你爸怎麼樣了？」

「病情已經控制住了，再來就是密集的復健。」

「小孩看過了沒有？」若雲依舊銳利的眼神盯著漢文的雙眼。

「看過了。」

「有什麼感想？」若雲冷冷的問。

「既然都生下來了，就好好疼愛他吧！」漢文說的是真心話嗎？

「這麼看得開？你不是連續去夜店喝了五天？」若雲語帶諷刺。

「對不起，我以後不會那麼不負責任了！」

「真的嗎？我不信！」

「要怎麼做妳才能相信我？」

「很簡單，先幫孩子取名字，然後學習怎麼照顧他？」

「這麼簡單？」

「我說過，只要你答應我離開那些大陸妹，我可以不追究。」

「好，我不過去了，我就先在台灣工作吧！」

「照顧唐寶寶需要很多精力，你準備好了嗎？」

「我們一起面對，一定可以的。」

上帝的禮物

拾壹：上帝的禮物

　　雖然暫時挽回了若雲的心，但在大陸的李碧玉，情緒時好時壞，她對漢文來說，簡直像個隨時會爆炸的原子彈，但是已經答應若雲不去大陸了，萬一李碧玉打電話到家裡，那可不是開玩笑的，這使得漢文非常不安，日夜思索要如何解決問題！

　　在醫院檢查完畢的李碧玉，眼神呆滯，時而傻笑時而狂叫。她被綁住四肢固定在病床上，穿著病袍的她沒有化妝，顯得有些憔悴跟蒼老，這完全是因為她以前的職業造成的，她以前曾經在酒店裡陪酒，所以每天都是煙不離手、猛灌黃湯，沒想到從良之後就兩個壞習慣戒不掉，因此在工廠擔任組長也是濃妝艷抹，以掩飾她已經人老珠黃的事實。就連漢文也被蒙在鼓裡，以為她還是非常年輕貌美，她現在的樣子，看起來像個四十五歲的婦人，比她的實際年齡相差了約二十歲。

　　就這樣，漢文逃過了原子彈會爆炸的風險，李碧玉瘋了，再也無法正常過生活，很快就轉到專門收容的醫院，而漢文只是付了一年的照料費用，就再也沒有關心過她，那裡面的世界，又是另外一種痛苦了，但也許他們很快樂也說不定？當這一切都像夢一般過去，漢文知道自己不能夠再沉淪下去了，他開始

上網查詢唐氏症的相關資料，想要努力的當個稱職的丈夫與父親，並開始跟若雲討論著孩子的照料經驗，這是個好的開始。

「孩子的名字，妳有什麼意見？」漢文問。

「我想將他取名為天賜，上帝賜給我們的禮物。」

「不錯，這名字好，我喜歡。」

「那就這麼決定了，明天就去報戶口，然後辦健保卡。」

區公所裡，漢文跟若雲兩人辦好了兒子報戶口的手續，緊接著又驅車前往健保局辦完健保卡，經過梳洗乾淨並刮掉鬍子的漢文恢復了往日的帥氣，當他們離開健保局時，漢文緊緊摟著若雲，兩人似乎又回到昔日的甜蜜。

經過兩個月的風平浪靜，漢文跟若雲決定再生一個小孩，有了天賜的經驗，若雲乖乖的產檢，也做了羊膜穿刺，她懷的是個女孩，沒有唐氏症，很快的，他們的女兒出生了，取名為陳可人。

但是另一場風暴正在醞釀中，接替漢文工作的主管叫做沈清風，外型跟漢文相去不遠，都是又高又帥的年輕人，他跟漢文一樣，很快就淪陷在溫柔鄉裡，不同的是漢文的管理還算嚴

格，因此在產品的品質上一向控管的非常良好，成本也讓公司非常滿意，不過沈清風的墮落速度太快，又不知自制，終於被設局，落入桃色陷阱，並且連夜逃離公司，消息傳回台灣之後，公司只好找課長打電話說服若雲放人。

「若雲，我是課長，最近好嗎？」

「很好啊！剛生了女兒，還不到三天呢！」

「恭喜妳了。」

「有什麼事嗎？」

「是這樣的，接替漢文的沈清風被仙人跳，目前不知去向，公司在大陸的生產等同停擺，需要立即讓漢文過去管理，否則公司可能會倒閉！」

「這麼嚴重啊？」

「因為他逃走前幾週的產品都因為品質不佳遭到退貨，公司必須立即補足這批貨，否則光是違約金可能就會讓公司吃不消，更別說其他的問題了。」

「可是…」

「有困難嗎？」

「你知道他外遇的事嗎？」

「老實說，我不是很清楚。」

「他背著我跟女員工亂搞，現在我好不容易讓他回來台灣，說真的，我沒辦法答應你。」

「這樣啊！可是公司實在臨時找不到人可以過去管理，要不然我也不會找妳商量，而且公司的條件很優渥，年薪六十萬人民幣，將近三百萬啊！」

「不是錢的問題，你讓我考慮一下，晚上我給你答案。」

「好吧！你們好好談談。」

　　若雲跟漢文是公司栽培了很久的人才，兩人都離開了公司，對公司其實算是一種損失，而且在漢文的規劃跟領導下，公司才能有今日的規模，整間公司的生產流程都因為漢文的設計才能如此順暢，臨時要找一個人去接管有一定的難度，直接找漢文確實是最有效的方法。漢文經過了外遇事件後，一直在家中照顧小孩，現在有了這機會，他似乎意興闌珊，就在兩人討論結束，正要回答課長時，電鈴響了，漢文走到門口，開門之後他似乎嚇了一跳。

「董事長，你怎麼來了？」

「來看看你們啊！」

69

「進來再談。」

若雲看到董事長，她心中有數，漢文是非去大陸不可了，再怎麼不願意，也很難拒絕，何況董事長親自拜訪，問題想必已經難以收拾，為了那麼多老同事的飯碗，心軟的若雲沒等董事長開口就先說了。

「董事長，我們決定答應你，暫時讓漢文過去接管生產線，直到公司找到適當的人選接替漢文。」若雲手上還抱著剛出生幾天的可人，天賜已經會走路，依偎在她腳邊，一點都不知道父親又將要離開他。

「若雲，謝謝妳，我會盡快找到人選的，漢文，你一個人過去一定很寂寞，不如全家搬過去吧！」

「可是，我們的父母怎麼辦？」

「都過去。」

「我需要跟他們商量。」

「這樣吧！我在那邊的工廠附近有一間房子，還蠻大的，足夠你們家族住了，裡面應有盡有，只要買些衣服就可以住進去。」

「不用麻煩了，董事長，漢文一個人過去就行了，我還是喜歡住台灣。」若雲此時插嘴說。

「妳一個人要照顧兩個小孩，會不會太辛苦？」董事長問。

「我會找玉芬過來住，只是你要付她薪水，這樣應該沒問題吧！？」

「當然沒問題，那就這麼說定了。」

於是漢文立即打包行李，準備前往大陸。行李收拾的差不多了，若雲心裡明白，漢文是留不住的。她左手拉著天賜，右手抱著可人，慢慢走到還在整理的漢文身旁，漢文停了下來問道：「怎麼了？」他汗流浹背的還擦去額頭上的汗水，但若雲一語不發，默默地看著漢文，漢文看著天賜的臉，接著又看到襁褓中的可人，然後再看看若雲。

「我不在時，妳要好好照顧自己。」

「不要再做對不起我們母子的事，我沒辦法再一次承受的。」若雲凝視著漢文的眼睛，眼淚終於止不住，眼眶泛紅，她輕輕地說。

「妳放心，我知道怎麼做的。」漢文篤定的語氣，安慰著若雲，並且抱起瘦弱的天賜，看著他的臉，此時的漢文心情是五味雜陳，不禁嘆了口氣。

「老天爺，你是要考驗我跟若雲嗎？怎麼會給我們這樣一個孩子？」

「別怨了，我照顧他那麼久都沒喊累，你只不過照顧他幾個月而已。」

就在此時，漢文腦海裡忽然間閃過一些畫面，若雲在懷孕三個月後，他開始獨自照顧天賜，那是他第一次帶著天賜到兒童公園走走，漢文看著其他小孩高興地在盪鞦韆上玩耍、在溜滑梯上歡笑著，再低頭看看自己的小孩，漢文不禁暗自嘆息，為什麼？為什麼？為什麼？他心中吶喊著，他發誓再也不帶天賜來這種地方了，雖然是自己的骨肉，心裡的愛，就在那一刻逐漸減少，漸漸變成只是一種責任，若雲當然看出來了，只是，她也不能改變這命運的安排，只能默默承受著。

家門口，若雲依舊是左手拖著天賜，右手抱著可人，目送即將遠去的漢文，淚水再度決堤，因為漢文這一去，又不知何年何月才會回家？當漢文的車子已經離開視線，若雲彷彿變了一個人似的，她走回屋裡，若無其事的讓可人靠近自己的胸膛，解開鈕釦翻開衣服讓可人吸食母乳，一面跟天賜說：「天賜好乖，去旁邊坐下，媽媽要餵妹妹。」但天賜並沒有坐下，只是在一旁安靜的看著若雲跟可人。

拾貳：再陷風暴

　　飛機上，漢文坐在靠窗的位置，他翻了幾本雜誌後有些疲倦，旋即閉上眼睛休息，不一會就進入夢鄉。朦朧中，李碧玉抱著一個小孩，她穿著精神病院的病服，小孩的樣子看不清楚，她的眼神好幸福，笑容很燦爛，就像自己是世上最幸福的女人般地，忽然間，吳美跟張婷衝向李碧玉，吳美拉扯著李碧玉的左手，李碧玉大聲的尖叫著，張婷則是狠心的

　　抱走小孩，將他重重摔落地上，漢文此時被嚇醒了，一身冷汗的他，驚恐的眼神、瑟縮的肩膀、沈重的呼吸，原來是飛機遇上亂流，鄰座的女乘客尖叫著，兩人都驚魂未定的，還好都沒事，只不過引來機上其他乘客的側目。

　　這場夢提醒漢文，該找時間去關心一下李碧玉了，不過當務之急是先讓工廠上軌道，他一到工廠，立即挑了幾個資深的員工當品管跟組長，將原來的那些員工更換職務，不到兩天，整個工廠就回到正軌之上，但桃色風波將再度掀起。

　　「廠長，我是吳美的堂姊，吳意涵。」

　　「你好，有什麼事嗎？」

　　「可以到你的辦公室談嗎？」

　　「這…好吧！」漢文顯得進退兩難，只好勉強答應。

　　這女人的外貌清秀，皮膚白皙，彷彿不曾曬過太陽般，完全沒有上妝的臉，一彎細眉，兩個眼睛水汪汪的凝視著漢文，小小的鼻子，雙唇薄而不小，笑容立即溶化了漢文，身材纖細但凹凸有致，身高一米六十五的她，也吸引了漢文的目光，兩人就這樣對看了一會，漢文終於回神。

　　「這麼神秘，有什麼事嗎？」

　　「你不用瞞我了，你跟堂妹的事我全都知道！」

　　「我不懂？」漢文大吃一驚卻故作鎮定。

　　「那晚，你們四個人進了這辦公室，卻只有兩個人走出來。」

　　「妳想怎麼樣？」

　　「我不想知道她們兩個是怎麼死的，我要你，還有你的錢。」

　　「妳不怕我殺了妳？」

　　「怕就不會來找你了！」吳意涵似乎胸有成竹，很篤定的眼神看著漢文。

　　「好吧！妳到底想要我怎麼做？」

　　「我不貪心，我只要一百萬，大夜班組長的位置，還有你的身體。」吳意涵走到漢文身旁，從他身後抱著他，雙手還不停在漢文身上游走，想挑起漢文的慾望，她成功了，但兩人卻是各懷鬼胎，各有各的盤算。

75

「我殺了她們，妳還敢來找我？」翻雲覆雨之後，漢文有些沈不住氣地問。

「為什麼不敢？我喜歡你的高大英俊還有魄力，要不是吳美執意跟我搶，我也不會等到今天。」

「我懂了，什麼時候要拿錢？」

「我知道你需要時間，先升我當組長，等你回台灣再來的時候，我就要那些錢，別耍花樣，如果我死了，你們的毀屍滅跡證據，就會出現在公安手裡，等錢到我手上，自然會拿給你。」

「我怎麼知道妳沒有另外備份？」漢文緊盯著她的眼睛問。

「放心，我們要的是錢，也知道你有幾兩重，要多了你也給不起。」

「夠乾脆，就這麼說定了。」漢文面對這蛇蠍美人，必須步步為營，萬一錢給了卻拿不回證據，豈不是損失慘重，說不定有性命危險，他的心裡，已經開始盤算著如何應付。

「別忘了，明天就要升我當組長。」

「這麼急？」

「這是你誠意的展現，你應該不會辦不到吧？」

「好吧！妳這麼急，想必是很討厭某人，對吧？」

「沒錯，我跟曾晴不對盤，她老是刁難我。」

「好，這事交給我辦。」

雖然漢文非常乾脆的答應吳意涵，不過，事情可沒這麼簡單，就在同一個位置，時間就在前一天晚上，曾晴也獻出自己的身體，換取組長的位置。

「漢文，我喜歡你很久了，你怎麼回台灣這麼久了才回來？」兩個人在床上赤裸著上身，曾晴深情款款地看著漢文。曾晴，早在漢文整理工廠場地時，就對他愛慕不已，那時漢文親自面試，並錄取了她，想到那一幕，曾晴的眼裡充滿著期待與幻想。為什麼漢文會接受曾晴？這要追溯到漢文高中時期，當時有一位紅透半邊天的女歌星，名叫雨詩，是他朝思暮想的性幻想對象，曾晴就是雨詩的翻版，也難怪漢文立即就淪陷了，他的抽屜裡還有雨詩的三張唱片呢！這三張唱片，就是面試曾晴後漢文帶到辦公室的，只不過他有太多豔福，沒有太多機會跟曾晴接觸！

這下子，漢文立即又捲入風暴，在台灣的若雲也不好受。天賜因為唐氏症，學什麼都必須反覆練習，有了可人之後，若雲的耐心似乎已經不若之前，心情低落的她，經常看著電視發

呆，把天賜晾在一旁，但天賜也只是坐在椅子上，陪著她看電
視，只不過若雲並沒有發現，天賜竟然這麼安靜地坐在那裡。

拾參：螳螂捕蟬

　　一個人有太多的秘密，早晚都要付出重大代價的。漢文的做為讓他開始疲於奔命，因為已經沒有資產可以處理，他只好跟董事長開口。

　　「董事長，我需要二百萬人民幣解決一件事，否則無法認真工作。」

　　「什麼事這麼嚴重？」董事長張大了看著漢文。

　　「這…不太方便講。」漢文卻支吾其詞。

　　「沒關係，跟女員工的事情，對吧！？」

　　「您怎麼知道？」漢文有些吃驚地回答。

　　「雖然我沒在那邊，但我還是有別的眼線的。」

　　「既然您都知道了，那就請您幫幫我吧！」

　　「漢文，男人有三妻四妾很正常，尤其是事業成就越高的男人越是如此，我不怪你，你不去惹她們，她們也會找上你，只是你確定這二百萬就能解決問題嗎？」

　　「目前看起來是這樣。」

　　「好吧！我會找人給你送去，不要再出問題了，公司最近接了大單，準備要再擴廠三倍，到時候你會更忙，權利會更大，不要讓我失望。」

「謝謝董事長，我一定會讓公司順利運轉的。」

有了董事長的資金，漢文也順利的拿到吳意涵的光碟，只是有那麼容易嗎？難道不會有備份資料，因此漢文多要了一百萬，就是要找徵信社跟蹤吳意涵，並且找機會殺了她。

下班了，吳意涵一如往常的回到宿舍，只不過今天還拿了一百萬在手上，一個黑色的側背電腦包，裡面裝的就是漢文給的錢。一想到有這麼多錢，心裡自然非常高興，微笑掛在嘴角，她拿起手機撥出一組號碼，電話那頭也是一個女人。

「錢到手了嗎？」

「當然，我現在就過去找妳。」

吳意涵上了一部計程車，計程車的後面跟著一部白色轎車，當然是跟監的，裡面坐著兩個年輕男人，其中一名拿起手機，撥出去並說：「跟著就行了，不要太近，先拍照片要緊。」

兩部機車一前一後在計程車附近，加上白色轎車，吳意涵跟同夥的女人被盯上了，計程車在一間餐廳外面停下，吳意涵選了靠窗的座位坐下來撥出手機：「到了。」

　　幾分鐘後餐廳對面的大樓走出一位女人，短髮、戴墨鏡、鼻子高又尖、嘴不大亦不小、薄唇、瘦高的她約一米七十，她快步走過馬路跟吳意涵會合。坐下之後她拿下墨鏡，露出了刻意紋過的眉毛，略粗、像是男人的眉型，眼睛的形狀很大也很有吸引力，就像是個男人般。

　　此時對街的暗處躲著剛剛騎車的其中一人，是個年輕男人，手拿著高倍數鏡頭的相機，對著她們兩人拍了一些照片。另一個騎車的人則是進入餐廳對面的大樓，在幾處重要的出入口裝上了針孔攝影機，離開後沒多久，白色轎車上的一部筆記型電腦就出現了畫面，此時吳意涵跟該名女子手牽手離開餐廳進入了該大樓的電梯裡，按下七樓的按鈕，當然，白色轎車內的人看到了這一幕，裝針孔的年輕人也在七樓暗處等她們兩人，至此，她們的行蹤完全被掌握。漢文找的團隊非常專業也很有效率。

　　「九哥，方便出來一下嗎？我有事想請你幫忙。」漢文撥出電話。

　　「好啊！什麼時候？」

　　「河堤上，現在。」

「等會見。」

河堤上，漢文跟一名中年男人見面，那男人肥頭大耳、頭髮很短、五官看起來就是凶神惡煞的樣子、身高一米八十、身材壯碩、身穿著短袖黑色上衣、花海灘褲、藍白色拖鞋，腳上有刺青，是一條青色的龍以及一名日本藝妓的樣子，雙臂的刺青也露出了一點，他們走了不到兩百公尺停下腳步，坐下來坐在四下無人的河堤上，開始這次的秘會。

「我惹了點麻煩，需要殺死兩個女人，九哥，你能夠幫我嗎？」

「這麼大的麻煩啊？資料齊全嗎？」

「很齊全。」

「給我看看。」九哥接過資料看了一會。

「怎麼樣？有沒有辦法？」漢文著急地問。

「五十萬人民幣，我燒死她們好了。」

「不會波及其他人嗎？」

「漢文，如果直接動手太明顯，你很容易出事的。」

「可是那棟大樓住了不少人。」

「放心，我們自有分寸。」

「這裡是三十萬，過兩天給你尾款。」

「別急，事成之後再給我吧！如果沒有你，我早就蹲苦牢去了。」

九哥的腦海浮現當年在台灣殺人之後被警方通緝的畫面，他找到漢文幫他安排了黑金鋼快艇偷渡到大陸，還安排了住處，一想到這裡，他又想起在台灣的妻子女兒，不過，他回不去了，注定要在中國大陸度過餘生。

「九哥？九哥？」漢文將想心事的他拉回現實中。

「對不起，我想起了一些往事，這件事就這麼決定了，別讓任何人知道。」

「我曉得。」

「等我的消息吧！」

九哥根據資料在大樓外守候了幾天，確認吳意涵兩人的習慣，找了一個身材跟他相近的男子埋伏在七樓，趁她們打開門的時候壓制住她們，並關上門，以毛巾摀住兩人的嘴，直到兩人都斷氣才放開，兩個女人就這麼斷送了性命，九哥拿著預藏在走道暗處的汽油，朝著兩人的身上及一些傢俱潑灑，點火之後揚長而去，走到對街的咖啡廳內向一位年輕女子以眼神示意，

那女子立即撥電話請消防隊滅火，消防車很快的就來了，並且於十多分鐘後滅火，因此沒有造成其他住戶的傷亡，這乾淨俐落的殺人手法看起來幫了漢文一個大忙。

　　不過事情總是有讓人無法預料的時候，吳意涵的女友是個雙姓戀，在吳意涵面前，她是個男人，但在另一個男人面前，是一個小女人，也就是說她有雙重人格與身份，漢文的性愛光碟其實掌握在這男人手裡，在他看了新聞報導之後趕往火災現場，不過他看到的只剩下焦黑的殘骸與牆壁，什麼都沒了，他心中想起了幾天前的事。

　　「明天我就可以拿到錢了，還完這筆帳，別再賭了。」電話中，吳意涵的女友告訴他。」

　　「我知道了，可是錢莊那邊逼得緊啊！」

　　「請他們緩幾天不行嗎？」

　　「我不知道？他們說延期要加利息。」

　　「加就加吧！如果真的不行就直接去鞋廠找那男人要。」

　　「資料呢？」

　　「我明天給你。」

　　但因為這男人貪杯喝得爛醉，結果就這麼天人永隔，他的線索只有鞋廠，還有漢文的性愛光碟，他能夠找到漢文並且勒索成功嗎？

　　好不容易打聽到漢文的鞋廠，不過漢文已經回台灣了。這男人被地下錢莊的人在鞋廠外被抓到，並且拉到一處空屋內毒打，他哀求地叫著。

　　「別打了，別打了，我有方法還錢，不過需要時間。」

　　當然，他的方法就是交出光碟，這下子漢文恐怕會捲入另一場風暴中啊！不過，誰教他要做壞事呢！

拾肆：惡夢

　　飛機上，漢文一如往常呼呼大睡，一樣做了惡夢。他夢見了吳意涵走在大街上，忽然被人潑了一身汽油，九哥走了出來，嘴上叼著一根香煙，他用右手將煙彈向了吳意涵，瞬間就燃起熊熊大火，吳意涵發出淒厲的慘叫，倒在地上掙扎著，然後不動了，忽然間又站起來衝向漢文並抱住漢文，漢文開始感受到火的熱度，他大叫之後醒了，卻只見旁邊的乘客說：「對不起！對不起！對不起！」漢文還一頭霧水，只見空姐遞了一條毛巾。

　　「先生，您還好吧？您隔壁的乘客打翻了熱咖啡，灑到您的身上了。」只見漢文的身上已經濕了，他的左手上還有幾滴咖啡，擦乾之後漢文的皮膚逐漸發紅，被燙傷的部份有左手手指背部、兩條大腿，他開始隱隱作痛，此時空姐拿了急救箱，從裡面找到一條藥膏遞給漢文。

　　「先生，這對燙傷很有用，趕緊塗一些吧！」

　　飛機上的廁所裡，漢文一邊塗藥膏一邊發出嘶嘶的哀號聲，燙傷的部份因為他當時在睡夢中，因此被燙到的時間是比較久的，這也使得他的手指背部越來越紅越來越痛，大腿的部份也一樣，痛得他有些不知所措，此時他想起吳意涵是被燒死的，心中不免打了個寒顫，那不知道比現在痛上幾百倍啊？

漢文身上的罪孽越來越重，卻不知悔改，他變得貪婪了，也變得沒有太多感情了，眼裡看到的事物漸漸沒有感覺，腦海裡想到的只有金錢與權利，因為這兩樣東西可以得到女人的身體，許多美麗女人的身體，他完全沈迷在其中卻難以自拔，早已將身在台灣的父母以及妻小忘卻，回到彰化和美的他似乎一點感情都沒有，也不會探頭看看四周的情景，而這一趟大陸行又是將近一年之久了，進了家門，他的心似乎沒有回來，因為臉上並沒有應有的喜悅。

「我回來了，若雲。」他大聲叫著，不過若雲並不在客廳，她在浴室裡幫兩個小孩洗澡。

浴室裡，天賜跟可人都全身赤裸，並塗上了一些沐浴乳，天賜只是微笑，而可人卻是跟若雲玩著泡泡，笑聲非常響亮，吸引了漢文的注意，他走到浴室外，站在那裡看著可人，可人忽然停住了笑聲，看了漢文一眼並開始放聲大哭。

「看你多久沒回來了，孩子都不認得你了。」若雲確實沒有錯怪漢文，漢文離家已經十一個半月又十七天，再過幾天就是可人的一歲生日了。他錯過了可人的許多成長過程，牙牙學語、爬、長第一顆牙、學走路等等，漢文全錯過了，更別說他不喜歡的天賜了。忙於事業的發展，卻疏忽了妻小及父母，但漢文似乎已經下定決心要留在中國大陸，他看到眼前的兩個小

孩跟美麗的若雲，竟然沒有久別重逢的喜悅，反而急著想逃開，
若雲將兩個小孩穿上衣服，都是印著米老鼠的白色短袖，以及
白色短褲。

「可以幫我看著他們兩個一下嗎？我想先洗澡。」

「好啊！妳去洗吧！」

漢文帶著兩個小孩，坐在客廳的沙發上，打開電視轉到電
影台，自己看著電視，也不願多看天賜跟可人幾眼，但或許他
只是太累了，不到十分鐘就睡著了，並且又開始作夢，他又夢
到吳意涵被燒死的樣子，然後她又爬起來哀號，當然，漢文又
驚醒了，原來是可人爬到他的身上玩耍，踩到他的手，被燙傷
的地方。

若雲梳洗完畢，仔細看著鏡中的自己，她已經有一陣子沒
有這樣看著自己了。自從漢文到大陸工作，她就忙於照顧兩個
小孩，本來答應要搬來一起住的玉芬，最後卻選擇了自己跟女
兒住，她擔心太過於麻煩若雲，總之，若雲大部份的時間都是
獨自照顧小孩，偶爾玉芬會過來幫忙帶一下，讓她有時間處理
一些事情，此刻，她彷彿想獨處片刻，這短暫的逃離是一種奢
求，她累了，心情有些煩躁，不過她還是上了淡妝，準備跟漢
文還有兩個小孩到台中吃飯。

拾伍：離婚

　　一樣的西餐廳，一樣的靠窗位置，只是今天多了兩個小孩，若雲看出漢文有心事，不過她不想過問，只想關心漢文會留在台灣多久。

　　「這次回來幾天？」若雲凝視著漢文的眼睛問。

　　「十天。」漢文只是冷冷的回應。

　　「接替你的人選，董事長那邊有沒有消息？」

　　「沒有，公司下個月要擴廠三倍，所以我可能會更忙了。」

　　「現在薪水多少？你這次去又沒拿錢回來！」只見漢文欲言又止，不知該怎麼接話。

　　「你在那邊有很多女人，對吧？！」

　　「別瞎猜。」但漢文的眼神閃爍。

　　「如果沒有，那麼董事長給你的兩百萬人民幣是怎麼回事？」

　　「這…」漢文知道瞞不住了卻無話可說。

　　「我們是夫妻，這種大事你又瞞著我，你到底還有多少秘密？」若雲加大了音量，不悅的語氣也觸怒了漢文，漢文這下心裡七上八下的，完全無法回話，但因為他已經對若雲沒有感覺了，所以也不打算解釋什麼，他忽然開口說了一件可怕的事。

「我們離婚吧！我已經不愛妳了，明天就去辦理手續。」

話一說完，若雲的淚水從眼眶中緩緩流出，順著眼角從臉龐滑下滴到了衣領上，漢文隨即起身，頭也不回的離開，留下若雲母女三人在那裡，若雲呆坐在椅子上，天賜跟可人並不知道發生了什麼事，就這樣過了一分鐘、一小時、直到西餐廳打烊若雲才帶小孩回家，漢文並沒有回家，而是找了一家汽車旅館住進去。

漢文很累了，在中國大陸經常縱慾過度的他，還沈迷在酒精的半夢半真之間，這讓他變得更容易累了，加上飛行的勞累，使得漢文在躺上床之後不久就呼呼大睡，而精神上的折磨從未甩開，他依然惡夢連連，只是汽車旅館的床又大舒服，怎麼滾怎麼翻也不會怎樣，所以他沒有驚醒，這一覺醒來，已經是隔天中午，服務生叫醒他，趕緊梳洗一番，他撥電話給若雲。

「證件準備好，等等張律師那邊見。」漢文冷冷的說著傷人的話。

「好。」若雲強忍住心中悲痛勉強擠出一個字回答。

「玉芬，可以幫我照顧小孩一下嗎？我有急事要辦。」若雲掛斷電話之後立即也撥出電話。

「好啊！等我二十分鐘。」

「什麼事這麼急？妳的臉色好難看。」玉芬問。

「漢文他…」若雲難過的說不出話。

「你們怎麼了？」

「他昨晚回來，跟我說要離婚！」若雲強忍住悲傷的說著。

「怎麼會這樣？」玉芬一臉驚訝！簡直無法置信。

「他在那邊有別的女人，而且不止一個。」

「我知道了，小心一點，別開車去了，我幫妳叫計程車。」若雲的眼裡泛著淚光，她曾經深愛的男人，她認識的那個好男人已經消失了，漢文已經變了，若雲知道，漢文已經徹底的變壞了。

「張律師你好。」律師事務所裡，漢文早已等候多時，而若雲到的時候臉色蒼白，卻很堅強。

「宮小姐妳好，請坐，妳先看看這樣行不行？」若雲接過文件仔細看了兩遍，漢文放棄了兩個孩子的監護權以及財產，每個月支付一萬元的扶養金給可人，直到可人二十二歲生日那

天為止，每個月五千元給天賜，至於若雲，每個月贍養費一萬元，看到這裡，若雲竟冷冷地笑。

「陳漢文，你最好辦得到，張律師，我可以要求別的條款嗎？」

「只要陳先生答應就行。」

「我要求不高，只要陳漢文先生找他的董事長來，以軸公司的名義當連帶保證人，保證這些錢我可以確定收到。」

「陳先生，你覺得如何？」律師問漢文。

「好，我馬上聯絡董事長。」

「對不起，是我害了妳，這些錢你先收下吧！」董事長知道了之後，考量公司營運順利與否的問題，直接開了一張一千萬的支票，交到若雲手上。

「謝謝董事長，沒事的話我想先回家照顧小孩了。」

「保重。」

「沒想到搞成這樣！你的工作沒問題吧？」董事長語重心長的問漢文。

「沒問題，全都擺平了。」

　　「好，大丈夫不拘小節，好好幫我們的公司擴廠，上軌道之後，你就接手總經理的工作，這公司早晚要交給你打理的。」

　　「為什麼？」

　　「我兒子不適合當總經理，交給他遲早完蛋，你是最適合的人選。」

　　「董事長，我…」

　　「別說了，就這麼決定了，好嗎！？」漢文點頭表示同意。

　　辦完了離婚手續，漢文回到父母家中，停留了幾小時，他就離開，直接撥了電話到航空公司，訂好機票又匆匆出門回到大陸的工廠。

　　拿出董事長給的資料，漢文在飛機上就開始研究，該如何安排生產線、員工食宿、娛樂、醫療、進出貨動線等等的細節。這也是為什麼董事長這麼器重漢文的原因，因為他總是可以把公司的一切打點好，就算品行上有些許瑕疵，董事長也可以容忍，沒有漢文，公司的效率就不好，當然就無法如期交貨，更別談經營了。

拾陸：各懷鬼胎

　　回到辦公室之後，美麗的女人又出現了，曾晴意外的不需要面對競爭者，漢文因為也非常喜歡她，兩個人很快就如膠似漆，形影不離，沒一個月就結婚了，不過，事情豈是如此簡單。

　　「陳先生，這張光碟相信你不陌生吧！」錢莊的人共四人在漢文的辦公室內，拿著性愛光碟要脅漢文，筆記型電腦播著漢文的性愛畫面。

　　「你們想怎麼樣？」漢文很冷靜地問。

　　「很簡單，一百萬。」

　　「怎麼知道你們不會拿了錢又散布光碟？」

　　「我們是生意人，你是聰明人，各取所需。」這人露出邪惡的微笑跟眼神。

　　「什麼時候要交換？」

　　「當然是越快越好。」

　　「我現在沒現金，最快也要一個月。」

　　「一個月？你當我們是傻瓜啊！不行，三天，最多只能給你三天。」他拉大嗓門有些不悅地說。

　　「太趕了，我籌不出來。」

「看來你不想保守秘密了，乾脆我現在就出去外面發給員工吧！」

「咱們各退一步好嗎？七天後，晚上十點。」

「好！七天後我們再來收錢，別耍花樣，否則你會死得很慘。」

「放心，你們一定可以拿到錢的。」

不過，漢文豈願意當待宰的羔羊，向來只有他吃人，沒有別人可以佔他便宜，他立刻聯絡九哥，也是同樣的河堤上同一個地方。

「九哥，近距離要殺死四個壯漢，需要什麼樣的火力？」

「一次要幹掉這麼多人啊？對方有沒有槍？」

「他們看起來不是善類，下次來可能會有所準備。」

「嗯！這樣的話你可能要穿防彈衣，還得自己開一至兩槍。」

「沒問題，只要能幹掉他們。」

「如果對方開槍打到你的頭，我可保不了你。」

「我知道！」

「什麼時候要動手？」

「七天後晚上，在我的辦公室裡。」

「我會幫你準備一把手槍，不過，你必須先練習，以免到時候下不了手。」

「好，那走吧！」

「這是滅音器，超過十發子彈就會失效，你面前這棵樹跟人體差不多寬，就拿這樹當靶吧！高度是手臂伸直往下約五至十公分，就是心臟的位置。」樹林裡，漢文跟九哥已經走了約一公里的小路，終於走到一處空地。

「還有什麼要注意？」漢文將滅音器裝上手槍問。

「要記得開保險，後座力可能會讓槍口朝上，這時候槍的重量會再往下壓，要支撐住，否則你可能會打到自己的腳。」九哥模擬了開槍之後的樣子，並指著自己的腳要漢文注意。

「我懂了。」

漢文走到樹的前方約二公尺，雙手舉起，槍口瞄準樹的中央高度約一米二十，連開了三槍，然後小心翼翼地關上保險。

「不錯，你是天生的殺手，我現在講的，你要仔細聽，因為這很重要。」九哥露出滿意的表情但旋即扳著臉孔對漢文說。

「請說。」

「他們有四個人，但你不確定工廠外是否有暗樁，對吧？」

「沒錯。」

「所以我的朋友必須幫你解決暗樁，不能進來幫忙，這四個人必須由你我解決，我會先開槍射殺看起來最有威脅性的那一個，然後你就必須朝你最近的那一個人開槍，接著你開槍打最左邊那一個，我打右邊，了解嗎？」

「如果一槍死不了呢？」

「如果是我，會朝每個人開三槍，我認為他們頂多準備兩把槍，所以你可能會被打中一槍或是他們會有機會朝你開一槍。」

「那我該怎麼辦？」

「別怕，只要你當機立斷，拿起手槍，他們未必會料到你會開槍。」

「好，我們現在開始模擬現場的狀況吧！」兩人隨後進到辦公室內非常仔細的研究，準備動手殺了這幾個錢莊的人。

「陳先生，錢準備好了嗎？」七天後，錢莊的人共五人，只開了一部九人座汽車去赴約，一個人留在車上，四個人大搖大擺走進工廠，完全不知道已經大禍臨頭。

「在這裡，光碟呢？」

「別急，阿宏，先點鈔票。」只見站在後方的保鑣忽然胸口中彈，漢文立即拔起綁在褲子上的手槍往帶頭的開了兩槍，這時保鑣又中了兩槍，另兩人其中一名嚇得蹲下去，漢文趁機向另一人開槍，豈料這人身手不差，躲開了漢文的子彈，並翻了兩圈，拿出手槍往漢文開了一槍，漢文雖然被打中身體，但因為有防彈衣，並沒有受傷，倒地之後又爬起來，漢文跟九哥兩人開始朝這槍手開槍，約十槍後這槍手終於被打中大腿，但漢文一時大意被槍手擊中左臉頰，立即倒在血泊中，槍手因為選擇向漢文開槍露出了破綻，被九哥連開了

三槍當場斃命，接著九哥走到蹲下去那人背後，又開了三槍，然後扶起漢文。

「漢文，你醒醒。」

「好痛。」漢文臉上血流如注但仍小聲的說。

「我馬上送你去醫生那裡。」這時漢文已經痛得昏厥。

工廠外，九人座汽車駕駛座上的那人已經斷氣，九哥的朋友見九哥拖著一個人，立即上前幫忙架住漢文，三人上了一部白色汽車，只見漢文的左臉都是血，還不停地流。

「看一下子彈是穿過頭部還是留在身上？」九哥非常鎮定的問。

「在骨頭裡面。」九哥的朋友說。

「還好，應該死不了！拿塊布幫他止血。」

「裡面怎麼辦？」九哥的朋友問。

「不管了，先送他去醫生那裡吧！」

「這是那裡？」漢文醒來的時候，臉上陣陣痛楚傳來，他哀號一聲，微弱的聲音問九哥的朋友。

「醫生家。」

「九哥呢？」

「回工廠處理善後，別說話了，你的傷口剛縫好沒多久，怕裂開了。」

「喔！」

曾晴走進辦公室，見到九哥正在搬屍體，大聲尖叫，九哥拔出手槍便朝她開了兩槍，曾晴成了冤魂，就這樣結束了她的生命，這間辦公室再也不會有其他閒雜人等來了，九哥好不容

易將五具屍體運到錢莊的那車上，並且清理乾淨地板上的血跡，載著六具屍體到一處森林裡，一把火燒了車子跟屍體。

　　事情終於落幕，雙手沾滿血腥的九哥跟他的朋友各拿了漢文一百萬人民幣，到台灣人較多的廈門去了，漢文的左臉上則多了一個不小的疤痕，漢文走進辦公室，拿起一桶汽油潑了潑，點了一根香煙抽一口，將辦公室燒個精光。

　　消防車到的時候其實這間位於工廠旁邊的獨立建築已經燒成灰燼，只剩下骨架，所以什麼都沒有了，漢文拿了一萬元人民幣給帶頭的隊長。

　　「辛苦了隊長，對不起，因為我抽煙不慎引起火災，害你們這麼晚還來滅火。」

　　「別客氣，人沒事就好。」

　　「沒事，沒人受傷，這辦公室平常也只有我會在裡面。」

　　「那我們先走了，要小心一點喔。」

拾柒：拋妻棄子

　　曾晴的死，漢文臉上看不出有任何的傷悲，多了一個圓形的疤痕在臉上，他看起來嚴肅許多，他的挑戰才正要開始，董事長跟他站在新的廠區旁，五樓高的宿舍，四十棟，可以住一萬六千人，廠房的區域將近一公里平方，儼然是一個小鎮般，這個運動鞋王國，打造了新的概念，不止是工廠，而是將員工的生活起居全照料好了，包括食衣住行育樂的設備都一應俱全，而漢文將是這些人的總經理。

　　身在台灣的若雲在離婚之後，生活並沒有太大的改變，天賜的學習能力是她心中永遠的痛，而可人則是一天比一天進步，很快的，可人已經四歲，若雲將她送到幼稚園上學，讓可人跟一般小朋友在一起，自己則是全心照顧著天賜。

　　某一天，若雲帶著兩個小孩正要出門，她左手拉著天賜右手拉著可人，走出家門到附近的公園走走，遠方一部單眼相機，搭配了五百釐米的長鏡頭，架設在一部大型三角架上拍下了母子女三人的身影，那人收起相機後尾隨若雲他們到公園，又用另一部相機拍下其他的照片，旋即離去。

　　「媽咪，你快過來，你看。」七天之後，若雲帶著可人跟天賜到住家不遠的便利商店，若雲走到冰箱前，打開門拿了兩

瓶果汁，此時卻見可人在櫃台前大叫，可人右手食指指著櫃台上的週週刊，若雲拿起一本看了一下，斗大的字寫著金成鞋業新任總經理陳漢文拋妻棄子，封面上的照片正是自己和兩個小孩。

「漢文，你最近有得罪什麼人嗎？」消息很快傳到董事長那裡，他立即拿起電話撥給漢文。

「沒有啊！怎麼了？」

「若雲母子三人上了週週刊的頭條了。」

「董事長打算怎麼回應媒體？」

「你回來一趟吧！我希望你跟若雲和好，再去辦結婚。」

「這…若雲會答應嗎？」

「你不願意？」

「不是的，董事長，我只是怕她不願意原諒我。」

「那就拿出你的最大誠意，來化解這危機吧！」

隔天晚上，漢文就從大陸趕回台灣，回到位於彰化的若雲家，他下了計程車後，站在門口猶豫了一下，按下電鈴，不過若雲正在跟玉芬講電話。

「玉芬，等等過來吃飯好嗎？」

「好啊！」

「爸爸！」開門的是可人，她看到漢文愣了一下竟脫口而出。

「妳是可人？」漢文似乎不太確定。

「對啊！」

「妳怎麼知道我是爸爸？」

「媽媽常常拿出你的照片來看啊！」

「我們進去好嗎？」

「好啊！」漢文抱起可人並狀似親密地親著她的臉。

此時遠方有兩個狗仔，一個是週週刊的攝影師，他搔搔頭看著這一幕卻沒有拍下照片，另一個街角，同樣的五百釐米鏡頭拍下了那親密的一刻。

若雲看著可人在漢文的懷抱裡甜蜜的笑著，竟一時說不出話，愣在那裡！

「對不起。」漢文將可人放下對若雲說。

　　若雲眼中淚水無法抵擋心中的激盪，從兩頰緩緩流下，她看著眼前的負心漢，不知如何是好。要選擇原諒，讓小孩有父親的存在？還是選擇自私，徹底跟漢文分開，但這樣一來，可人就沒有父愛，她的內心開始掙扎著。

　　愛，還是存在的，只不過怎麼可以原諒他？但是，選擇了自私，對可人太不公平，若雲沒有開口，只是等著漢文說。

　　「對不起，不知道我還有沒有資格回到這個家？」

　　「你想怎樣？」

　　「我們再結一次婚！」他拿出一個珠寶盒，拿出一個三克拉大的鑽石戒指，走到若雲的身邊，拉起若雲的手，正準備要套上的時候，電鈴又響了，若雲去開門，中斷這難以抉擇的情形，玉芬帶著已經將近六歲的小孩進門，這一刻她並不知道該如何開口，尷尬地打了聲招呼。

　　「好久不見。」

　　「好久不見，沒想到妳的女兒這麼大了。」

　　「你的兩個小孩不也是一樣。」

　　「是啊！時間過得好快。」

「吃飯吧！有什麼事，吃飽再說。」若雲打斷他們兩人的對話。

玉芬用餐時看到若雲心事重重，但清楚漢文是為了週刊的報導回來，所以也不便插手，所以吃完飯就匆匆離開。

「若雲，原諒我，好嗎？我可以帶你們去大陸定居的。」

「讓我考慮幾天。」

「好，不過，我想帶可人出去玩玩。」

「這麼偏心，不帶天賜？」

「我不知道該怎麼照顧他。」

「好吧，可人就交給你照顧幾天。」

「請問週週刊的報導是真的嗎？」於是，漢文抱著可人的照片成了另一家報紙的頭條，週週刊造假新聞，金成鞋業總經理手抱四歲女兒，感情非常融洽，照片中，可人的笑容非常燦爛，一個新聞記者拿著報紙問漢文，此時漢文正要帶可人出門，卻遇到了十幾位記者的圍剿，沒想到，董事長棋高一著，找了發言人來擋駕。

「這是總經理的私人事務，請給他多一點個人的空間好嗎？」

「我們只是想知道事情的真相。」

「你手上的報紙不是有答案了！」

「聽說他們夫妻已經離婚了，對嗎？」

「這都是傳聞，不予置評。」

「聽說陳先生已經兩年沒有回台灣的家了，對吧！」

「總經理公務繁忙，多半是老婆帶小孩去大陸團聚。」

「聽說陳先生在大陸的工廠跟多名作業員跟幹部有染，對嗎？」

「這部份已經涉及誹謗，請您謹慎問話。」一片混亂中卻見若雲從家中走了出來，她化了妝，跟以前在公司上班時一樣美麗，走到漢文身邊蹲下去。

「可人，跟爸爸出去玩要乖喔。」

「嗯！我知道了。」她親吻了可人之後站起來親著漢文的臉頰在他耳邊輕輕說：「回家再說，放心出去玩吧！」

這些記者一時無話可說，只好一哄而散。若雲此舉，粉碎了週刊的報導，也讓自己的家人可以清靜些，她知道，若不幫漢文解圍，等於是替自己找麻煩，她是個非常聰明且理智的女人，非常懂得何時該做這些事。

　　面對背叛過的枕邊人，若雲的考量很簡單，讓可人有父愛，至於天賜，她決定獨自承受，於是乎她忍痛接受董事長的條件，跟漢文再結一次婚，只不過，她跟漢文以後只是一對假面夫妻。當然，有了前車之鑑，若雲要求漢文的所有收入必須匯至她的戶頭，漢文只有一些零用金，對此，漢文沒有太多的意見，因為他知道董事長還是會挺他到底，需要大錢時再開口就是了。

　　儘管不喜歡大陸的生活，若雲仍然勉強自己一年在那邊住個半年，她決定在工廠附近買一間公寓，雖然沒有在台灣的別墅舒適，不過可以讓可人天天見到父親，也算是值得的，所以，她們母子三人每個月都會搭飛機一次，一次是飛到大陸，一次則是回台灣，雖然不是很方便，但這樣的做法確實讓可人得到真正的父愛，隨著她一天天的長大，漢文越是喜歡，這也表示若雲的選擇看起來很正確，而無所求的天賜，就由自己照顧，即使漢文很少正視天賜，她也無所謂了。

拾捌：商業惡戰

　　平穩的日子總不會太久，奸詐的韓國商人，派了幾個會中文的女人，混入了這龐大的生產體系中，其中一個跑到中央廚房裡，偷偷在多種食物裡放入瀉藥，造成了生產線的大停擺，工廠裡的員工吃了飯之後紛紛開始跑廁所，生產線上幾乎看不到員工，連著三天的到職率不到一成，漢文驚覺事態嚴重，連忙找來衛生單位化驗食物。

　　「最近幾天的餐點可能都有問題，麻煩你們檢驗清楚一點。」

　　「沒問題。」漢文遞了一個大紅包給帶頭的女子。

　　「總經理，倉庫失火了，這兩天要出貨的區域全燒起來了」就在此時，一個身穿警衛服裝的四十歲男子跑到漢文身邊，上氣不接下氣的說。

　　「什麼？消防隊來了沒有？」

　　「來不及了，全燒起來了。」

　　「我知道了，你先回去崗位上吧！」漢文內心起了懷疑，立即打電話給人在廈門的九哥。

　　「九哥，最近還好嗎？」

　　「唉！錢快花光了啊！」

　　「錢不是問題，我有事情要麻煩你。」

「好啊！我馬上過去。」

兩人又在同一個河堤上談這件事。

「我認為有人搞鬼，不過我太明顯了，無法自己調查，現在又沒有可以信任的幹部，所以只好請你來幫忙。」

「放心，有錢好辦事，我跟幾個兄弟們正閒得發慌呢！」

「這件事要快，否則交不出貨來，不止我會沒工作，這一萬多人都會失業。」

「這麼嚴重？！那我需要多點錢跟人，你有多少預算？」

「我說過，決不會虧待你們的。」

「好，先跟你拿兩百萬人民幣，一個星期後再看是否要追加預算。」

「我懷疑是韓國人搞的鬼，有沒有會韓文的台灣人？」

「放心，我會追查到底的，先從通聯紀錄開始吧！他們如果放火又放瀉藥，一定是韓國總部指使的，你們工廠附近只有六個行動電話基地台，查一下就可以鎖定目標，不出幾天，我一定擺平他們。」

「韓國那邊呢？」

「放心，以牙還牙！」漢文跟九哥此時不禁大笑了起來。

115

同為競爭對手的韓國鞋廠，開始接二連三的出事，工廠跳電、火災、貨車爆炸等等，甚至於還傳出多名員工染上愛滋病，當然，這並不是真的，只不過是九哥綁架了報社的記者家屬，要脅他這麼報導而已，這樣一來，韓國代工廠反而沒有人敢再去上班，而這一連串的惡性競爭，卻沒有因此畫下句點。

「可以再製造更多混亂嗎？」韓國那邊打了電話過來（韓文）

「可以。」（韓文）

「那就快去做吧！」（韓文）

「九哥，知道是誰了，過來拿資料吧！」電信公司的機房裡，一個年輕男人聽完這段電話撥出了電話。

九哥找了十幾個壯漢，一個鎖匠到了宿舍區的其中一間，打開了門，將三名韓國女子以膠布封口，用麻布袋裝了起來，載到他跟漢文練槍的地方，放出來之後把嘴上的膠布撕去後，機房裡的年輕人用韓文問。

「你們的老闆是誰？」不過沒有人願意回答。

「不說就埋一埋吧！」九哥大聲說。

「不說就埋一埋吧！」（韓文）年輕人翻譯給他們三人聽。

「你們敢？」（韓文）其中一人大聲回答。

「開始挖洞，看他們能撐多久。」

「別殺我們，都是許先生的主意，是他要我們來搞破壞的。」這時其中一人開始尖叫，嘴巴立即又被貼上膠布，另一人顫抖的用中文說。

「會說中文啊！那好辦，把他的資料都給我，好嗎？」九哥陰險的笑著問。

「不行，他手中有我的小孩，還有…」

「還有什麼？快說！」九哥馬上又變了一副嘴臉。

「是裸照跟性愛光碟。」她小聲的回答，彷彿怕人知道似的。

「他媽的！這混蛋，放心，我們幫你擺平。」

拿著這名女子的資料，九哥旋即找了十多名壯漢飛到韓國，並且埋伏了三天三夜，終於等到工廠的老闆許成落單，他走出一間酒店，醉醺醺地，忽然間就被九哥等人押到郊外的一處橋底下。

「問他李英姬三人的家人在那裡？」

「李英姬三人的家人在那裡？」（韓文）

「我不知道你在說什麼？」（韓文）

「他說不知道！」年輕人對九哥說。

「拿鉗子出來。」九哥說，身邊一名壯漢拿著一把鉗子。

「封住他的嘴，抓緊他，脫掉他的褲子，他不說就廢了他。」這下許成忽然驚醒了，他忽然變得害怕了。

「別剪，我帶你們去就是了。」（韓文）

「在裡面。」車子開了約十分鐘，到了郊區一處空屋，破舊不堪，許成說。（韓文）

「有沒有人看守？」九哥問。

「有沒有人看守？。」（韓文）

「有，兩個人。」（韓文）

「有，兩個人。」年輕人翻譯說。

「有沒有武器？」九哥問。

「有沒有武器？」（韓文）年輕人翻譯說。

「沒有。」（韓文）

「沒有。」年輕人翻譯說。

「敢騙我你就死定了。」九哥說。

「敢騙我你就死定了。」（韓文）年輕人翻譯說。

「我怎麼敢！」（韓文）

「他說他不敢。」

「諒他也不敢，你們小心點，這傢伙可能騙我們。」

上帝的禮物

拾玖：刀神

　　九哥跟這些壯漢偷偷摸進空屋，四個小孩子，三男一女，還有一個十多歲的女孩，衣衫襤褸，臉上驚恐的表情，雙手被反綁，顯然是剛剛被性侵，看守的人是兩名壯漢，身高都約一米八十，肌肉非常發達，九哥見狀況不對，連忙輕聲喊撤退。

　　「先別進去，等他們落單，一次處理一個。」

　　「為什麼？」

　　「他們都是高手，看來可能會有一場硬仗，沒能帶槍來，錯了！」

　　「只有兩個人有什麼好怕的？」

　　「你有所不知，他們其中一個是跆拳道奧運冠軍，一個是用飛刀的高手。」

　　「這麼厲害？」

　　「穿黑色那個，是上屆的冠軍，一招就可以封你喉嚨，只要兩秒你就翹屁了。」

　　「白色那個呢？」

　　「他手上的飛刀可能非常厲害，我懷疑他就是傳說中的刀神金永在。」

　　「刀神？」

「傳聞中他曾經同時射出六把飛刀，三秒鐘就殺了八個人，全都一刀封喉。」

「那該怎麼辦？」

「先弄兩把槍來好了。」

「可是這裡是韓國，不如報警吧！」

會說韓文的年輕人一五一十的說了，不過韓國警方不為所動，反而還取笑他有被害妄想症，氣得他牙癢癢的。

「可惡，竟然不受理報案。」他氣得掛斷電話跟九哥說。

「算了，用別的方法。」

「叫你的部下放人，不然我宰了你。」

「叫你的部下放人，不然我宰了你。」（韓文）

「你害怕了？」（韓文）

「你害怕了？。」

「放屁。」

「放屁。」（韓文）

「那你怎麼不進去救人？」（韓文）

「那你怎麼不進去救人？」

「先宰了他，再想辦法。」

「先宰了他，再想辦法。」（韓文）

「別這樣，我打電話就是了。」（韓文）

「別這樣，我打電話就是了。」

「把人放了，我不需要他們了。」（韓文）

「好，我知道了。」黑衣男子接了電話。（韓文）

「不對勁，老闆說要放人！」（韓文）

「放人就是殺了他們。」白衣男回答。（韓文）

「可是我們還沒收錢。」（韓文）

「那有可能是老闆被人要脅了。」（韓文）

「怎麼辦？」（韓文）

「小心點，可能會有人來。」（韓文）

「張賢，找一間有車床的鐵工廠，要開工了。」九哥對那會韓文的年輕人說。

「要怎麼做？」

「包下來，我要在裡面幫你們做武器。」

「我知道了，給我半天。」

　　工廠裡，空間不大，說穿了，就是一間民宅，還有一台車床跟鑽床，幾把車刀銼刀，一個充滿油污的工作台上有兩個老虎鉗，九哥開始製造土製手槍，還有其他的武器，十八個鐘頭後，九哥累壞了，躺在折疊椅上呼呼大睡，工作台上六把土製手槍，看起來有些簡陋，因為它們沒有裝彈夾的地方，也沒有退彈殼的退彈孔，應該是屬於只能使用一槍的土製手槍，旁邊還有類似十字弓的發射裝置共三隻，張賢拿了一個餐盒跟一瓶可口可樂，放在工作台上，並叫醒九哥。

　　「九哥，先吃飯吧！」

　　「謝謝，去弄十個玻璃瓶來，還要威力夠大的鞭炮、雞爪釘。」

　　「要幹嘛？」

　　「把雞爪釘放進玻璃瓶中，點燃鞭炮，就成了土製炸彈，雖然不能殺了他們，絕對可以傷害他們。」

　　「我懂了，我這就去辦。」

　　「這六把槍，用的不是子彈，而是鞭炮，所以威力不會太大，但這彈頭穿進身體應該沒問題，不過因為點燃引信到爆炸

有二至三秒的時間，所以你們必須很有把握才能開槍。」九哥一面吃飯，一邊解釋這些武器。

「射程有多遠？」

「五至六米，足夠了，這類似十字弓的武器，是利用彈簧跟橡皮的力量，射程只有三米，超過三米，這兩個傢伙可能躲得掉，所以我們必須要用誘捕的方式，武器都在固定的地方，連十個炸彈都是，所有點炸彈的人都戴上護目鏡以免被雞爪釘傷到，清楚了嗎？」

「誰要引他們出來？」

「當然是我，你夠膽嗎？」

兩個看守人質的壯漢並未依照許成的話放人，反而有了戒心。白衣人果真是刀神金永在，他開始磨飛刀，桌上擺了近三十把飛刀，跟切牛排的刀類似，大小也差不多，不過卻異常鋒利，他用右手從桌上拿起一根頭髮，放在左手拿的飛刀前，成垂直的角度，輕輕吹了一口氣，頭髮斷了，只剩下一小截在他的姆指與食指間，忽然間，他射出左手上的飛刀，五米外的另一張桌上，那飛刀就插在一顆蘋果上，刀尖刺進桌面約一公分，然後他開始將飛刀一把把放在刀套上，那是一件皮製的背心，左右各兩排，每排各七把飛刀，然後穿上，外面再套上一件白

襯衫，但鈕扣都沒扣，袖子也拉到手肘上方捲著，他已經準備好要大開殺戒，眼神充滿了殺氣。

　　黑衣人是跆拳道高手，他開始伸展筋骨，將兩腳伸展至最張開，然後只用腳的力量將身體撐起，右腳向前踢，左腳跟右腳成一直線，然後踢左腳，同樣兩腳成一直線，他看著頭頂的那塊木板，約二公分厚，奮力跳起並用左腳尖踢破了那木板，落地後他坐下並開始穿上鞋子，黑色的鞋尖前面有一小截的金屬光澤，是一把短刀，這類的武器，通常是腿功非常了得的武術高手在使用，經常一招致命。

　　一場黑道與殺手間的大戰即將開始，因為沒有交通工具，也還沒有拿到酬勞，所以兩個韓國高手並未離開那裡，只是他們小心多了，其中一人上了屋頂戒備，這也表示這場戰爭會拖延到午夜才開始。

　　「先睡一會吧！這兩個傢伙會撐到半夜一點，那時候我們再佈署。」九哥說。

　　由於盯了一天，跆拳高手累了，倒在那裡呼呼大睡，而刀神則是兩眼閉上，兩手各拿一把飛刀，擺明是裝睡。九哥將每個人都部署好了之後，大搖大擺的走到刀神看得到的地方，刀

神不為所動，於是九哥又向前走了幾步，刀神依舊沒有反應，
不過他已經發現九哥，九哥發現他的手上閃著寒光，心知大事
不妙，拿起手上土製手槍，再多走兩步，不過，還距離刀神有
十米，若是此時動手必定血濺當場，可是已經沒有時間考慮，
他點燃引信，一個箭步往前跑，碰的一聲！刀神也在此時射出
飛刀，九哥因為是奔跑的狀態，因此刀神原本瞄準的位置是胸
部，卻射中了九哥的右大腿，九哥大叫一聲連忙躲在一張桌子
後面，刀神也中槍了，右手靠近肩膀的地方開始流出鮮血，這
時他已經無法使用右手射飛刀，跆拳高手被槍聲驚醒，跳了起
來，刀神手指桌子，跆拳高手走向桌子，卻不見九哥，地上有
一條血跡，他慢慢走過去，這時九哥在離他十米處奮力地跑著，
一跛一跛的，跆拳高手追了上去，並飛踢過去。不過，就在此
時，另一個槍聲響起，擊中他的胸部，九哥跑到安全距離之後，
跆拳高手倒地又爬起來，兩顆土製炸彈在他身旁爆炸，玻璃碎
片跟雞爪釘擊中他的右臉、右眼、左胸上方、左大腿、左小腿
等處，不過，他仍強忍住痛苦，一個小弟沈不住氣拿了點燃的
手槍跑出來想要朝他開槍，遠方一道寒光飛來，飛刀刺進他的
喉嚨，此時，他還沒感到痛苦，仍然向前跑了一步，右手上的
手槍槍聲響起，子彈近距離射進跆拳高手左胸，他倒在地上，
當然，那小弟也摸著自己的喉嚨上那把飛刀倒地，鮮血開始噴

出他的喉嚨，刀神慢慢走過來，冷眼的瞄了地上兩人又立即拔
出兩把飛刀。

上帝的禮物

貳拾：化敵為友

「投降吧！刀神。」（韓文）張賢站在遠處大喊。

「為什麼？」（韓文）

「我們不想殺死你。」（韓文）

「我未必會輸給你們。」（韓文）

「我老大說，以前你是個俠客，所以不殺你。」（韓文）

「哈～哈～」刀神開始狂笑不止。

「你逃不掉的，還是放下刀子吧！」（韓文）

「俠客？哈～哈～」刀神又笑了。（韓文）

「你以前的那些事，難道忘了嗎？」（韓文）

「哈～哈～刀神。」（韓文）

「是的，我們知道你是刀神。」（韓文）

「刀神早就死了。」（韓文）他放下手中的刀，脫去染血的襯衫跟皮背心，將它們丟在地上，緩步走向那年輕人。

「你們捉住了許成？」（韓文）

「當然。」（韓文）

「哈～哈～」（韓文）刀神又狂笑了，但笑聲中卻帶有淒涼的感覺。

「別擔心，我們不但不會殺你，還會給你應得的報酬。」
（韓文）

人質終於被救出，並且在韓國跟家人團聚，九哥的腳上還有深深的傷痕，他逼許成拿出五千萬美元出來，給受害者的家屬，當作賠償，部份給了刀神跟弟兄們，否則就要殺他全家。當然，許成只能乖乖照辦，否則上了法庭，恐怕還得一輩子坐牢。

「跟我們到中國，好嗎？」（韓文）張賢開始跟刀神聊天。

「為什麼？」（韓文）

「韓國已經沒有你刀神的立足之地了，許成一定不會放過你的。」（韓文）

「你們為什麼不殺了他？」（韓文）

「他是大老闆，死了會很麻煩。」（韓文）

「我來殺。」（韓文）

「不好，殺了他對我們都沒有好處，考慮一下，跟我們到中國吧！」（韓文）

「好，我跟你們去。」（韓文）

　　這場腥風血雨總算落幕，雖非圓滿，但也已經是差強人意，刀神跟張賢成了好朋友，他們又會在中國發生什麼事呢？回到中國的九哥，也跟兄弟們暫別，在相同的地方隻身會面漢文。

　　「辛苦了。」兩人坐在堤防上，漢文拍拍九哥的肩膀。

　　「死了一個小弟，換來一個盟友。」九哥說完點了煙。

　　「幫我把該補償的，送到他家裡。」

　　「我知道，我已經吩咐他的好朋友處理了。」

　　「謝謝！」

　　「謝什麼？你我情同親兄弟，別再客氣了。」

　　「說說這個換來的盟友吧！」

　　「他的外號是刀神，是台灣人，從前仗義行俠，卻被陷害，只好逃亡到韓國。」

　　「這樣吧！如果你們願意，就當我的貼身保鏢，我可以跟你們共享榮華富貴。」

　　「兄弟們懶散習慣了，頂多接受在你辦公室待命，出門秘密保護你，可以嗎？」

　　「當然可以。」

　　「我知道你會講中文，我叫九哥。」

「金永在。」刀神跟九哥在咖啡廳裡談事情。

「這不是你的本名吧？蔡先生。」

「你怎麼知道我姓什麼？」

「你跟我號稱刀神跟槍魔，我怎能不知道你。」

「槍魔？」

「你苦練飛刀，可以同時殺死六個人，我會製造各種土製炸彈跟手槍，但最擅長的是用步槍狙擊，曾經用一個彈匣，也就是二十發子彈，在十二秒內殺死十九個人。」

「失手一發？」

「不是，我賞了帶頭的老大兩槍。」九哥面露殺氣。

「那麼恨他？」

「都是他害我必須浪跡天涯。」九哥雙拳緊握著。

「聽說你答應漢文當他的保鏢了。」

「是啊！你呢？」

「我想當暗樁，你覺得如何？」

「很好啊！喜歡一個人？」

「孤獨慣了，不喜歡被約束。」

「好，我會安排你單獨的房子跟辦公室，還有車子。」

「我喜歡機車。」

「都照你的要求。」

「謝謝！蔡金龍。」

「江山久。」九哥將自己的名字寫在一張面紙上。

「你的名字挺有趣的。」兩人雖然初次聊天，卻像是早已
認識，一聊就是幾個小時。

貳拾壹：痛苦的抉擇

　　漢文在非常幸運的狀況下一一解決問題，穩坐全球最大運動鞋代工廠總經理，再過幾年，一定可以當上董事長，只要他能夠維持現在的局面。

　　在台灣的若雲終於到了要面對重大決定的時刻了，轉眼間，可人已經六歲，必須要上小學，要讓她在中國或是台灣上學，必須做一個抉擇了，在台灣，可人就沒有父愛，在中國，就要委屈自己，因為若雲不喜歡中國，她內心的掙扎是難以想像的，畢竟所有的親朋好友都在台灣，同樣的問題，也困擾著百萬台商跟他們的家屬吧！

　　「漢文，你覺得可人要在中國唸書嗎？」電話響起了，若雲問道。

　　「你們都搬過來定居吧！」

　　「可是我不喜歡那裡！而且爸媽在台灣沒人照顧。」

　　「我知道，不過我現在的狀況很難分身，下個月，我會變成董事長。」

　　「我有聽說了，所以才問你的意見。」

　　「這樣吧！你去說服他們全都搬到中國好嗎？」

「開什麼玩笑，爸的脾氣你又不是不知道，他最討厭大陸人了，他怎麼可能過去！」

就這樣你一言我一語，不知不覺已經過了一小時，仍舊沒有答案，最後兩人都累了，而這難解的問題，在台灣許多家庭中不斷上演！

最後的答案是讓若雲心碎的，漢文希望可人跟著他在中國大陸，而天賜則由若雲照顧，除非若雲願意去中國大陸，否則這是個無解的問題，再討論三天三夜也不會有答案的，終究有人必須妥協。

上帝的禮物

後　記

　　台灣有百萬台商在中國大陸是事實，許多台幹在那裡包二奶也是事實，百萬家庭被迫拆散或移居大陸是事實，更多的是台商及台幹跟大陸人結婚，在那裡落地生根，不回台灣了，我的表姊就是一個例子，表姊夫雖然不像漢文那麼厲害，管理萬人，但麾下也有三千多個員工，所以表姊只能在過年的時候回台灣跟父母團圓，或是父母過去大陸，這幾年，她的父親走了，母親身體差了，只能靠表弟跟表妹照顧，最後夫妻倆還是放棄了事業，回台灣跟母親同住。

　　唐氏症跟唇顎裂都是與生俱來，沒有任何的父母希望自己的小孩是其中之一。前者必須照顧一輩子，對所有家屬都是沉重的負擔，後者可輕可重，輕者如知名歌星王菲愛女李嫣，經過三次手術，已經完全看不出來，重者裂至喉部，鼻下幾乎沒有唇，也就是手術的難度極高，即使經過多次手術也很難達到期望的樣子。為了更了解唐氏症，我請教了在台北任教的網友青魚，也跟她一起吃了一頓豐盛的晚餐，原來她是特殊教育的老師，也才知道有更多天生殘疾的人，頓時覺得自己知道的事好少。

　　漢文不願面對天賜是唐氏症的事，在現實中發生在一位前醫師跟前律師的身上，兩位都曾經是我的鄰居，兩人皆已去世，他們的小孩，也都已經接近平均壽命，隨時都可能離開，而最後的這幾年，照顧上最為吃力，對家屬的身心都會造成巨大的壓力。這世上還有許多特別的小朋友，如自閉症、智能障礙、視覺、聽覺、語言障礙、肢體障礙、小兒麻痺、腦性麻痺、發展遲緩、學習障礙、情緒行為障礙等，沒有人希望自己或是自己的小孩是上述這些狀況之一，但事實上並非如此。我認識了腦麻的網友，一位網友四十歲才得子，兒子卻有學習障礙，親戚的小孩有情緒行為障礙，他們就在我們的身旁，照顧他們的親人，真的很辛苦。

　　刀神與槍魔，即金永在與九哥，代表的是跟惡勢力對抗時，必須智取，不要力敵，他們的獨立故事已經完成了草稿。至於何時能夠開始寫，我自己也無法知道，想寫的故事太多，順序上很難安排妥當，但我知道，一個字接一個字地，慢慢出現在螢幕上，總有一天會變成一本小說的，這就是我目前的做法。

國家圖書館出版品預行編目資料

上帝的禮物／藍色水銀　著. —初版.—
　　臺中市：天空數位圖書　2020.11
　　面：公分
　　ISBN：978-957-9119-99-3（平裝）

863.57　　　　　　　　　　109017916

發　行　人：蔡秀美
出　版　者：天空數位圖書有限公司
作　　　者：藍色水銀
編　　　審：璞臻有限公司
製 作 公 司：龍圖有限公司
版 面 編 輯：採編組
美 工 設 計：設計組
出 版 日 期：2020 年 11 月（初版）
銀 行 名 稱：合作金庫銀行南台中分行
銀 行 帳 戶：天空數位圖書有限公司
銀 行 帳 號：006-1070717811498
郵 政 帳 戶：天空數位圖書有限公司
劃 撥 帳 號：22670142
定　　　價：新台幣 290 元整
電子書發明專利第　Ｉ　306564 號

紙本書編輯印刷：
電子書編輯製作：
天空數位圖書公司 E-mail：familysky@familysky.com.tw　http://www.familysky.com.tw/
地址：40255台中市南區忠明南路787號30F國王大樓　Tel：04-22623893　Fax：04-22623863